講談社文庫

金田一少年の事件簿　小説版
雷祭殺人事件

天樹征丸　画・さとうふみや

講談社

目次

第一話　雷祭殺人事件

主《おも》な登場人物《とうじょうじんぶつ》

第一章　陽炎《かげろう》の中の少女

1

そこは、大きな栗《くり》の木の下だった。

幹に背もたれを預けるような形で置かれた木製の古いベンチの上にまで、栗の木は濃い緑色の葉を繁《しげ》らせている。

それはちょうど天然の日除《ひよ》けの役目をはたしていて、ベンチをそこに据《す》えた誰かの意図がよくわかった。

猛烈な夏の日差しを避けて、金田一一《きんだいちはじめ》と七瀬美雪《ななせみゆき》の二人は、この場所に逃げ込んだのだった。

「ふぅー、涼しいね、はじめちゃん」

白い清潔そうなハンカチで額を拭いながら、美雪が言った。

「……だな」とだけ答えて、ハジメは手首の腕時計《Gショック》に目をやった。

アウトドア用の腕時計に組み込まれたデジタル温度計は、摂氏三十八度を表示している。それでもこうして、炎天下から栗の大木が差し出す大きな日傘の下に身を隠すと、まるで銀行の待合室にでもはいったかのように涼しく思えた。

都会育ちのハジメは木陰をありがたがった経験などあまりない。暑ければコンビニに避難してアイスクリームを買って食べる。それが普通だった。

きっと隣で汗をふいている美雪も同様だろう。

コンビニも銀行も、喫茶店も見当たらない田舎道。陽炎《かげろう》の中、どこまでも続く熱いアスファルトの川の先に、ハジメたちの行く先はあるはずだった。

膝の上のスポーツバッグを開けて、駅で買った缶ジュースを取り出す。バッグは丸ごとレンジに突っ込んだかのように中まで熱くなっている。当然、ジュースも生暖かい。

それでもカラカラの喉には、充分に心地よかった。

空を見上げた。

大きくひらけた空は塗り立てのペンキのような青で、ところどころに浮かぶ雲は買ったばかりのキャンバスの白である。

空を取り囲む山々の深緑、焼けつくアスファルトのグレー、整然と畦道《あぜみち》にくぎられた畑や田んぼの明るい緑色。

真夏の色はどれも目が痛くなるほどに鮮烈だ。

「ぷはーっ……やっぱし、歩かないでタクシーにでも乗ればよかったかなぁ」

ぬるいジュースを缶が軽くなるくらいにイッキ飲みして、ハジメは言った。

「はじめちゃんがいけないのよ、ジュースなんか買ってるから、二時間に一本しかないバスが出ちゃって……」

と、美雪。

「そんなこと言ったたって、暑くてたまんなかったんだよ」

ハジメは、そう言って恨めしそうに天を仰いだ。

頭上に大きく張り出した栗の木から、木漏れ日と一緒に蟬《せみ》の鳴き声がたえまなく降り注いでいる。一匹や二匹ではない。相当な数の蟬たちが、われこそはとあの暑苦しい鳴き声を張り上げているのだ。

田畑ばかりで近辺には大きな木はこの栗だけしか見当たらないから、蟬たちにとってもここは憩いの場なのかも知れない。

シャワシャワシャワシャワ……。

うるさいほどの夏のBGM。聞いているだけで、汗がにじんでくる。

「なあ、美雪。あとどれくらいあんだよ、秋絵《あきえ》の村までって……」

うんざりしたように、ハジメがきいた。

「さあ、あと三十分くらいだと思うけど」

「まだ三十分も歩くのかよ！　冗談じゃねーよ」

「仕方ないでしょ、ここまで来ちゃったんだから。……さ、汗も少し引いたし、そろそろいかないと。秋絵ちゃんには四時前には着くとかって言っちゃったし、急ごうよ」

「ああー、やっぱこなきゃよかった」

「もう、はじめちゃんたら。せっかく秋絵ちゃんが実家に招待してくれたっていうのに……」

「秋絵のやつ、いくら親父《おやじ》サンが死んだからって、よくこんなド田舎に引っ込む気になったよなぁ。おれだったら三日で挫折するぜ、こんなコンビニもゲーセンもないようなトコ。まあ、あいつにとっちゃ中学まで住んでたトコだから、どうってことねえのかも知れないけど……」

「しっ！」

ふいに美雪が、野良猫をみつけた雀《すずめ》のように顔をあげた。

「――ねえ、今の聞こえた?」

「へっ? なにが?」

「雷の音よ。絶対そうだった。ねえ、どうしよう、はじめちゃん。ザーッとくるかもよ」

少し不安げに細く整った眉を寄せて訴えかける幼なじみを横目で見ながら、ハジメは、

「そんなわけないだろ、こんないい天気なのに」

と、太いゲジゲジ眉を自信満々に持ち上げて、塗料のはがれたベンチからおっくうそうに腰をあげた。

ハジメは、底のほうに少しだけ残っている缶ジュースを飲み干しながら、

「見ろよ、美雪。空は真っ青だし雲だって山の陰からちょこっとのぞいてるだけだぜ。雨なんか降りっこねーだろーが。ましてや雷なんてよぉ」

「だって聞こえたんだもん」

と、美雪は口をとがらせた。

ハジメは、空き缶をゴミ箱に放り込んで、

「そんなことより、このままここで次のバスを待って乗っけてもらったほうがいいん

じゃないか？　こんなくそ暑いのにあと三十分も歩いたら、熱射病で頭がおかしくなっちまうぜ」

「だめよ、そんなの！　あんまり遅くなったら秋絵ちゃんが心配するじゃない」

「おれは自分の体が心配だっての」

「もう……。だったらはじめちゃんだけここでバス待ってなさいよ。あたし、ひとりでも歩いていくから」

口をとがらせて言う美雪の態度に、ハジメも意地になり、

「おう、上等じゃん。そうしようぜ」

と、売り言葉に買い言葉でベンチにどっかと横になる。

「知らない！」

ぷいっと背を向けて歩きだした美雪を、早くも少し後悔まじりで見送るとハジメは、

「ちぇっ」と軽く舌打ちして、今きた道をかえりみた。

立ちのぼる陽炎に、道の輪郭がゆらゆらと波うって見える。

銀色の逃げ水が、通り雨のあとのように道を濡《ぬ》らしていた。

ふとハジメは、陽炎をかきわけるようにして近づいてくる人影に気づいた。

陽炎にゆられているのかフラフラと蛇行しながら歩いているのか……その両方らしいことを知った時には、人影はハジメの寝そべっているベンチからほんの二、三十メートルのところまで近づいていた。

それは、少女だった。

少女は薄い青色のワンピースを着ていた。ワンピースはこんな暑い日には似つかわしくない長袖である。そして袖の上からでも、少女の腕のか細さは際立って感じられた。

腰まである長い髪が、足を踏み出すたびに豊かに波うつ。切れ長の目はどこを見ているのかはっきりしない。暑さにぼうっとしているのか、それとも何か考え事をしているのか。

歩き方は歩幅が小さく摺《す》り足《あし》に近い印象だった。ぴんと背筋を伸ばしたままで、小さく左右に揺らぎながら、ゆっくりと近づいてくる。

いつの間にか、ハジメの視線は少女に釘付《くぎづ》けになっていた。

何よりもハジメの目をひきつけたのは、少女の異様ともいえる色の白さだった。蠟《ろう》を思わす透明感のある白い肌は、この暑さにも紅をさすこともなく、また汗にも濡れていないように見えた。

少女は無表情のままで、ハジメのいる栗の木の下を通りすぎようとして、ふと立ち止まった。

どきん、とハジメの心臓が大きく鼓動する。

少女が、ゆっくりとハジメのほうに体を向ける。耳鳴りのように続いている蝉の声がふいに遠のいたような気がした。

裸足《はだし》に履いたサンダルがじゃりっと砂を噛《か》む音までが、ありありとハジメの耳に届く。

少女は立ち止まったままで、ベンチに寝そべるハジメの姿をしばし眺めていた。

我に返ったハジメが、慌てて体を起こしベンチに座りなおすのを見て、少女はわずかに目を伏せて微笑んだ。

捉えどころのない逃げ水のような笑みだった。

少女はハジメに、笑った非礼をわびるように小さく目礼をして、またふらふらと焼けつくアスファルトの農道を歩んでいった。

少女の姿は、大きく張り出した農家の塀に隠れて、すぐに見えなくなった。

いれちがいに同じ方向から赤い車がやってきた。少し古い型のポルシェだった。こんな田舎の農道には似つかわしくないスポーツカーである。

車は重々しい排気音を引き連れてハジメの前をいったん通りすぎたが、急停車して今度はバックで戻ってきて止まった。

きょとんとしているハジメの目の前で、ポルシェの窓がすーっと開いた。

「金田一君」

窓から笑顔を見せたのは、朝木《あさき》秋絵だった。ハジメと美雪を招待した、元クラスメートである。

「あ、秋絵じゃねーか、なんでお前、ポルシェなんかに乗って……」

「バスに乗ってなかったから、心配になって叔母に頼んできてもらったのよ」

と、秋絵。一ヵ月前までハジメたちのクラスメートとして不動《ふどう》高校に通っていた時と、少しも変わらぬ明るい調子である。

「あ！　いけね！　なあ秋絵、美雪に会わなかったか!?　あいつ強情でさあ、この暑さの中、意地張って一人でも歩いていくとかって……」

「強情で悪かったわね」

ガラスに太陽が反射して見えない車内から声がした。

気まずい思いでのぞきこむと、狭い後部座席で美雪が、汗が引くような冷ややかな視線を送っていた。

2

狭いスポーツカーに四人も乗ってのドライブは、短い距離とはいえ快適ではなかった。

頭はルーフにつきそうだし、隣では相変わらず美雪が不機嫌そうに鼻を上に向けている。

ハジメは、気まずいムードを変えようとして、

「いやー、秋絵、お前の実家が金持ちってのは聞いてたけど、まさかポルシェで迎えにきてくれるとはなあ。びっくりしたぜ、ははははは」

と、無理やりの大笑いを飛ばす。

秋絵は助手席で振り返って、

「もう、金田一君あいかわらずね。これは叔母の車よ。あ、紹介するわ。こちらの運転してるのが、亡くなったお父さんの妹で、叔母の春子《はるこ》さん」

「こんにちは」

運転中にもかかわらず春子は、ちらっと振り返って白い歯を見せた。

ハジメは助手席と運転席の間に体を無理やり割り込ませて、

「あ、どうも。おれ、金田一一っす。で、隣のこいつが」

「七瀬美雪です！」

大声で言って、ハジメをムギュッと押し退ける。

「いてっ、なにすんだよ」

「そっちこそなによ。女の子一人きりで行かせたくせに」

「あ、まだ根に持ってるよ、こいつ。しつこいねー、おっぱい大きいくせに」

「な、なによそれ、全然関係ないでしょ！」

運転席の春子が、またちらりと振り返って言った。

「仲いいのね、お二人さん」

くすっと笑ったその表情は、サングラスをかけていてもどことなく秋絵に似ている。

年の頃は三十代半ばだろう。ポルシェを操るさまといい少々厚めの化粧といい、こんな田舎には不釣り合いなタイプである。浮いているといっていいだろう。

助手席の秋絵はといえば、つい一ヵ月前までごく標準的な東京の女子高生として、ルーズソックスにひざ上15センチのスカートをはいていたのに、今は長かった茶髪もショートにして色も黒に染め直し、ラフなTシャツにデニムのスカートといった出《い》で立《た》ちだ。

郷に入《い》れば郷に従え、の諺《ことわざ》どおりこの土地にとけ込もうとする気持ちが素直に現れている。

もともと二年前までこちらに住んでいた秋絵は、今後ここで生活していく以上そうして東京帰りの匂いを消すことが得策だと考えたのだろう。

それに比べ、田舎暮らしを全身で拒絶しているかのように見える秋絵の叔母の春子という女性は、少々大人げない。

もっとも、夏休みに一時的に帰郷しているだけなのかも知れないわけだから、いちがいに秋絵と比較はできないが。

「二人ともありがとうね。秋絵のためにわざわざ、こんなへんぴな場所まで」

春子が言った。今度は前を向いたままである。

「いえ、とんでもないです」

と、美雪。

「──あたしたちのほうこそ楽しみにしてたんです。なんか、凄いお祭りがあるって秋絵ちゃんから聞いてたから」

「雷祭《いかずちまつり》のこと？　そうね、あれだけは、ちょっとした見物だものね。でも、それだけ。あたしも中学までここで過ごしたけど、他には何もない退屈なところよ」

「でも、何もないのって逆に新鮮ですよ。のんびりできるし、いいなって……」

「それはね、七瀬さん。住んでないから言えるのよ」

そう言って春子は、小さくため息をついた。

「――あたしも兄さんが亡くなったりしなければ……秋絵がいなければ絶対にこんな村になんか……」

言いかけて、はっと助手席の秋絵を見て、

「あ、ごめんなさいね、秋絵。あなたが悪いわけじゃないのよ。あなたは本当に偉いわ。兄さんが亡くなったあとの朝木家をあの二人にとられないように、こうして無理して転校してまでこの村に戻ってくれて……」

あたしもまったく同感よ。何度も言うけどあたしは、あなたを一人にしないためにここに戻ってきたの。もともと朝木家とはなんの血のつながりもないあの二人に、家を乗っ取られるのだけはどうしても我慢が……」

「あ、春子叔母様、ここで止めてください！　ここから、村を案内しながら家まで行きたいから」

秋絵が春子の話を一方的に遮った。

春子は、ちょっと渋い顔をしながらも車を停めた。

「そう、じゃあ。あまり遅くならないようにね。雨が降りはじめるまでには戻ってらっしゃい」

「ええ、もちろん。すぐに戻ります」

と素直に答えて、秋絵は助手席のドアをあけた。

3

車を降りたのは村の中心部に近い場所らしかった。

大きめの雑貨屋が一軒とこぢんまりとした商店が数軒、ぽつぽつと目に入る。

ざっと見回して特徴的だったのは、民家がどれも平屋で、また、それぞれの庭に高い木が必ず一本立っていることだった。

秋絵のあとについて歩きながら、ハジメは尋《たず》ねた。

「なあ秋絵、車降りる時『雨が降りはじめるまでに』って、お前の叔母さん言ってたよな。確か今朝の天気予報じゃ、県内の天気はだいたい晴れだったはずだぜ。そもそも、こんないい天気なのに雨なんか降るはずが……」

「降るわよ、雨」

秋絵は答えた。

「――八月のこの時期はよほどのことがないかぎり毎日必ず、夕方に雷が鳴りはじめて、そのあとにザアッと十分か二十分くらい雷雨になるの。特に今日みたいな暑い日は、必ず降るのよ。

だから見てわかると思うけど、この村の家はどれも落雷を避けて低く作られてるし、庭には必ず一本避雷針がわりの高い木が植えられているの」

「うーん、そういえば木があるなあ」

ハジメは、辺りを見回して言った。

秋絵はさらに、

「なんでもこの辺りの極端な盆地型の地形のせいで、凹面鏡効果とかで夏場は気温が異常にあがって、周囲の山に雲が発生して雷雨になるって話なんだけど、昔は神様の力だと思われてたみたい。

それでその神様を恐れ敬うためにご先祖様が興したのが、今日の夕方から始まるこの雲場村《くもばむら》の『雷祭』ってわけ」

「へえー、なるほどねー」

と、ハジメ。感心したようにうなずいたのは、同級生だったころはミーハー少女というイメージだった秋絵の、意外な一面を見た気がしたからである。

「秋絵ちゃん、なんかすごーい。ガイドの人みたい」

美雪も同感らしい。

「やあね、受け売りよ。人から聞いたままを話してるだけ」

と、秋絵は照れ隠しに小さく舌を出してみせた。

「あ！」

美雪が、ふと天をあおいだ。

「──雷の音！　今度は間違いないわ。はじめちゃんも聞いたでしょ」

「あ、ああ……そうか？」

「聞こえたじゃない。やっぱりさっきのもそうだったのよ」

美雪は、納得したように何度もうなずいた。

秋絵も空に目をやりながら、

「でも、まだ遠いわ。日が傾いて気温が少しさがるころよ、本番は。早く近づいてこないかしら」

「え？　雷が近づくのが嬉《うれ》しいの？」

意外そうにきいた美雪に、秋絵は、

「それはそうよ。雷様が来なくちゃ、雷祭は始まらないもの。きっと祭りの準備も今がたけなわね。楽しみだなあ……」

と言って、興奮しているかのように頬を上気させた。

村の中心部の家並みを抜けて、祭りの出店が並ぶ鳥居が見える辺りまできた時だった。

ふいに思いついたように秋絵は、ハジメと美雪の前に出て向かい合うと、姿勢を正して言った。

「ごめんなさい、忘れてた。ありがとうがまだだったよね」

「あ、いや、そんな……」

ハジメは頭をかく。

「そうよ、秋絵ちゃん。こっちこそ……」と、美雪。

が、秋絵はかまわずに、

「二人とも、暑い中こんな遠いところまで本当にありがとう。……じゃあ、改めて。ここがあたしの生まれ故郷、雲場村です」

張りのある声でそう言った彼女の瞳に、瞬間、なにか深い決意のようなものが浮かんだような気がした。

秋絵はすぐにまた、先程までの人懐っこい笑顔に戻って言った。

「さ、じゃあ、家に案内するね。母や妹にも紹介しなくちゃならないし、祭りの前に浴衣《ゆかた》にも着替えたいし……あ、もちろん美雪ちゃんにも貸したげるからね。金田一君のも、近所のお兄さんからちゃんと借りてあるから。……さ、いこ！」

大きく手招きして秋絵はさっと振り返り、また先頭に立って歩きはじめた。

再び遠雷が空気を微かに震わせた。

そしてそれは、今度はハジメの耳にもはっきりと聞こえた。

見上げると山の頂から雷雲が、ゆっくりとこの盆地の小さな村に向けて拡がりはじめていた。

4

朝木秋絵の実家、朝木家は高い土塀に囲まれた、それこそ時代劇にでも出てくるような大きな和風の屋敷だった。

土塀の上には尖《とが》った鉄の泥棒よけ、いわゆる『忍び返し』が鋭利な切っ先を天に向けている。

生け垣囲いの開放的な家が多い雲場村において、そのまるで江戸時代の武家屋敷のような物々しさは、それだけで朝木家がこの小さな村の名家であることを表していた。

古い土塀に無理やり作りつけられた鉄製シャッターの脇の、古い堂々とした木の門戸から、ハジメたちは屋敷の中に入った。

手入れの行き届いた広い庭には、大きな欅《けやき》の木が一本立っている。秋絵の話にあった、天然の避雷針というやつだろう。

欅と反対側は庭園である。丸く刈られた庭木の間から、さきほどハジメたちが乗せてもらった朝木春子の赤いポルシェが停まっているのが見えた。

S字を描いて続いている石の小道の向こうに、庭と比べてやや質素な母屋《おもや》が見えた。村の他の家々同様に平屋造りである。相当に古い建築らしい。

千本格子の引き戸を開けて顔を出したのは、和服姿の美しい中年の女性だった。

「いらっしゃい。私、秋絵さんの母で葉月《はづき》と申します。金田一さん、七瀬さん、よく来てくださったわね。さ、奥でゆっくりなさってください」

穏やかな声と柔らかな物腰である。

しかし、ハジメは彼女のその言い回しが少し気になった。

『秋絵さん』——。

彼女は確かにそう言った。

自分の娘に向かって。

いつもと変わらない笑顔でいる秋絵の横顔をのぞきながら、ハジメは考えていた。

さきほどの秋絵の叔母、春子の言っていたこと。

——もともと朝木家とはなんの血のつながりもないあの二人に、家を乗っ取られるのだけはどうしても我慢ならない——

春子がそんな話を始めたとたん、秋絵は春子の言葉を否定も肯定もせずに、逃げるように車から降りることを望んだ。

ハジメには、なんとなくこの朝木家の人間関係がつかめてきていた。

秋絵によく似たあの三十代半ばの派手好きな女。彼女のことは秋絵も『父の妹』と言っていた。つまり、朝木家の血を引く人間なのだ。

そしておそらく春子の言っていた『あの二人』のうちの一人が、いま目の前にいる朝木葉月なのである。

たぶん葉月夫人は、朝木家の当主だった秋絵の父親の後妻なのだろう。

「さ、お二人ともどうぞ奥へ。秋絵さんも、外は暑かったでしょう、冷たい麦茶でもいかが」

と、葉月夫人。

「ええ、ありがとう、お母様。美雪ちゃんと金田一君も飲むでしょ。ね、あがって」

秋絵とその義理の母はお互いに笑顔で、しかしどこかよそよそしさを匂わせながら、ハジメたちを家へと招き入れた。

旅館のように広い玄関を上がった真っ正面の棚に、白い花瓶が飾られているのがふと目に入った。

陶芸に興味のないハジメでさえ目を引きつけられてしまう、不思議な色合いの白磁である。ごくわずかに青味がかった、透明感のある白色だ。どこか人肌を思わすような弾力感が、硬いはずの陶器の地肌から漂っている。

「なんか高そうな花瓶だな、あれ」

目線で示して美雪に言うと、

「そうね、きっと目の玉が飛び出るような値段よ。はじめちゃんがさっきつまずいて倒してた、そこの傘立ても同じような感じね」

「い、いや、あれはそんなに高いもんじゃないだろ。ほら、なんとなく色が悪いし……」

ハジメは、玄関脇に置かれた白い壺をかえりみた。壺には、白っぽい日傘とオレンジ色の派手な傘、それに青いチェックの傘が差してある。

「あら、はじめちゃん。まさかあの傘立て、割ったりしたんじゃないでしょうね」

「ば、ばか、人聞きの悪いこというな。ちょっと傷くらいは付いたかも知れないけど、割ったなんて……」

「しーらない。高いわよー、はじめちゃんのお小遣いくらいじゃ絶対払えないわよー」

「あのなー！」

と、腹立たしげにスニーカーを脱ぎ捨てたハジメに、美雪が言った。

「もう、はじめちゃん。また靴そろえないであがるぅ」

ハジメは舌打ちしながら、

「へいへい。あー、いちいちうるさいね、この優等生は」

と、振り返った。

「……！」

ふと、ハジメは、玄関の隅に置かれたサンダルに目をとめた。
〔あのサンダル、確か……〕
竹で組んだ、ちょっと変わったデザインのサンダル。砂を踏むジャリッという音。
痩せた白い足首……。
〔そうだ。あの、栗の木の下で会った……〕
そう思った刹那、外でヒステリックな女の声がした。

5

「耳が聞こえないの、あんた！」

秋絵の叔母、朝木春子の声だった。

「――バケツとゴムホースを持ってきなさいっていってるのよ、時雨《しぐれ》！」

ハジメも美雪も、その剣幕に思わず脱いだばかりの靴をつっかけて、玄関の外に飛び出す。

広い庭のすみに停まっている赤いポルシェのそばに、春子が怒りに口元を震わせて立っていた。

そして、噛みつかんばかりの春子の視線を受け止めていたのは、さきほどあの大きな栗の木の下で出会った色の白い少女だった。

少女は、今度は藍色の浴衣をまとっていた。祭りに出かけるための衣装なのだろう。

浴衣の色が濃いせいか、以前見た時よりさらに色白に見えた。

「自分のお車を洗うんでしょう？　だったら、ホースくらい自分で持ってこられたらいかがですか、叔母様」

時雨と呼ばれた少女は物おじせずにそう言って、ぷいと春子に背を向けた。

同時に少女の目がハジメを見つけて、意外そうに瞬く。

ハジメは、

「どうも」とだけ言って、軽く頭をさげた。

時雨は挨拶を返そうとしたが、すぐに春子に肩をつかまれてしまった。

「ちょっと！　いいかげんにしなさいよ、あんた。どこにあるかわからないから頼んでるんじゃない。それをなにかっていうと逆らって……」

そう言った春子の手を振り切って、時雨は、

「頼んだ？　叔母様の言い方は、命令にしか聞こえませんでしたけど。あたしは使用

人じゃありませんから。あんな言い方をされたら、逆らいたくもなるわ」

「なんですって！」

春子は、思わず平手を振り上げた。

「ごめんなさい、春子さん！」

慌てて割って入ったのは、葉月夫人だった。

「――ホースでしたわね。すぐに私が持ってまいりますから。時雨、叔母様に謝りなさい」

「嫌よ、お母さん」

時雨は態度を変えない。

「――お母さんこそ、何で春子叔母様にはいつもそうやって卑屈にペコペコするの？お父様が亡くなった今は、お母さんがこの家の主なのよ。それなのにまるで居候みたいに……」

「時雨、もうそれくらいにしましょ、ね？」

今度は秋絵が割って入った。

秋絵を見ると、時雨は複雑な表情になって言葉を仕舞い込んだ。

「叔母様ももうそれくらいにしてあげて。今日はあたしの友達も来てくれてるんだし、ホースならあたしが持ってくるから」

と、秋絵が走りだす。

春子はそれを制止して、深くため息をつき、

「もういいわ。今日は車洗うのやめるから。どうせ夕方になったら雨が降るんだし、このまま車庫に入れずに置いとくわ。そうすれば雨で、少しはきれいになるでしょ」

と言い残して、気まずい空気を嫌うように足早に立ち去った。

秋絵は笑顔をむりやりに作って言った。

「さ、いこいこ！　麦茶飲んだら、すぐに浴衣に着替えて……時雨も一緒にいくわよね。あ、そうだ、美雪ちゃん金田一君、紹介するね。妹の時雨。可愛いでしょ。あたしより二こ下で、中三なのよ」

「あ、どうもさっきは」

と、ハジメが頭をかくと、時雨もぺこんと頭をさげて、

「どうも」

とだけ言って、小さく微笑んだ。

「え？　さっきは、って……はじめちゃん、時雨ちゃんと会ったの？　いつ？　どこで？」

と、美雪。さかんにハジメと時雨を見比べている。

ハジメは、へらへらと笑いながら、

「いやー、ははは。さっきちっとだけ休んだでっかい栗の木の下のベンチ、あそこで寝そべってるとこ、通りがかりに彼女に見られて笑われちゃってさ」

時雨はなにもいわずに、そんなハジメの様子を見ながら口元に手をやってクックッと鳩《はと》のような笑いをもらしている。

美雪はけげんな顔をみせたが、すぐにいつもの人懐っこい笑顔で言った。

「はじめまして、あたし七瀬美雪です。秋絵ちゃんとは、東京の高校で同級だったの。よろしくね、時雨ちゃん」

時雨は美雪に対してはまた、もとの冷めた表情に戻って、

「よろしく」とだけ答えて、そのままさっさと母屋に入っていってしまった。

6

朝木の家は、ちょっと歩き回っただけでは部屋がいくつあるのかもわからないほどの広さだった。

ただ広いだけではない。家具や調度品はどれも純和風の年代物ばかりである。

好奇心旺盛なハジメが、嫌がる秋絵から無理やり聞き出したところによると、この家にある古い調度品や掛け軸などは、古くは三百年以上も昔の品々で、美術館に飾られていてもおかしくない物も少なくないということだった。

しかもそれらがすべてこの家では、生活の道具として当たり前に使われているのだ。

ハジメと美雪は、二十畳以上もある広々とした居間に通された。

冷たい麦茶で喉を潤しながら、ハジメは秋絵に、こんな山奥の小さな村の住人がどうやってそれほどの財を築いたのかをきいてみた。

ぶしつけな質問だったが、秋絵は笑って答えた。

「うちは代々、この村でしか採れない土で焼いた陶器の窯元なの。江戸時代には将軍家にも器を献上してたみたい。

亡くなった父も陶芸家だったわ。玄関にあった真っ白な花瓶も父の作品よ。あの不思議な透明感のある白は染料じゃなくて土そのものの色なの。

この村のある場所は盆地のような地形なんだけど、周りを囲む山から流されて集まってくる粘土質の土が、その焼き物の材料なのよ。雨水に流される距離が長ければ長いほど、土はきめ細かくなっていく。だから盆地のちょうど真ん中の底にあるこの家の敷地は、一番いい土が採れる場所なんだって、昔、父が言ってたわ。

この家の敷地を取り囲んでる高い塀、ちょっと大げさな感じでしょ。あれ、ご先祖様がこの土地でしか採れない良質の土を守るために作ったものなんですって」

「へえー、土を守るためねー。おれはまた、この家に高価《たか》い家具やら壺やらがやたらあるからだと思ってたよ」

そう言いながらハジメは、庭先で踏みしめた土の色を思い浮かべていた。乾いてガチガチに固まっていたが、たしかにグレーのきめの細かい粘土質の土だったように思える。

秋絵の話では、その固い地面が雨が降るとすぐに水を吸ってぬかるみのようになり、色も乳白色に変化するのだという。

その土を焼き上げると、窯の温度によって微妙に色合いの違う焼き物が出来上がる。その技術が、朝木家に代々引き継がれてきた秘伝らしい。

秋絵もその秘伝を、子供の頃から仕込まれてきたという話だった。

「へえー、じゃあもしかして秋絵ちゃんがここに戻ってきたのも、亡くなったお父さんのお仕事を継ぐためなのかな？」

と、美雪がきくと、秋絵は小さくうなずいて、

「ええ、まあ、そんなとこかしらね」

とだけ答えた。

「妹の……時雨って子は？　やっぱその秘伝ってやつ、親父さんから仕込まれてるわけ？」

今度はハジメがきいた。なぜそんなことを思ったのか、ハジメ自身とまどうような質問だった。

秋絵も意外そうに、しばしハジメを見返していたが、そんなハジメと秋絵を見比べている美雪に気づくとすぐに笑顔で、

「ええ。もちろん父から教わってるわ。父はそういう人だったの。葉月さん……お母さんがこの家に後妻としてきた時に、お父さんあたしにはっきりと言ったわ。時雨も今日から自分の娘としてあたしと別け隔てなく扱《あつか》っていくって。

時雨がうちにきたのは三年前だけど、あの子は筋がいいらしくて、父の教えることをすぐにのみこんでね。もう、あたしなんかかたなしよ。物心つくころから仕込まれてたのに、今じゃ全然あの子のほうがうまく焼くんだもの」

秋絵は、すっと立ち上がって、

「――さ、そろそろ着替えましょうか。美雪ちゃんに着てもらう浴衣、すっごい可愛いのよ。ほんとはあたしのいっちょうらなんだけど、今日は特別。金田一君のも、男らしくって素敵なんだから」

と、ハジメたちを促しながら、ちゃぶ台の上の飲みかけの麦茶を運んでいった。

7

秋絵の着付けで美雪が浴衣に着替えている間、ハジメはすぐ隣の十畳ほどの客間で待たされることになった。

網戸が引かれた大きな窓からは、相変わらずの熱気とともにけたたましい蝉の鳴き声が絶え間なく流れ込んでくる。

秋絵に渡されたうちわで胸元に風を送りながら、ハジメは思った。

考えてみればこの家には、冷房というものがない。

いや、この家だけではない。この村のどの家にも、冷房の室外機らしきものは見当たらなかった。

八月のこの時期には盆地の凹面鏡効果によって四十度近い猛暑に見舞われると聞く

この村に、冷房が普及していないというのはいささか奇妙である。

だが、こうして村を訪れて数時間が過ぎると、冷房がないということがなぜか当然のことのようにも思えてくるのだ。

夏は本来暑いものだ。

そして古来からの日本の家屋は、そういう夏の暑さを風通しのよさでしのぐように作られていると、何かで読んだ。

十年ちょっと前に父親がローンで建てた家に暮らしているハジメにとって、日本家屋の風通しのよさなどというものは、これまでほとんど実感できなかった。

しかし……。

ふと網戸を通して流れ込む風が額を撫《な》でた。ひんやりとした涼しさに、汗がひくのを覚える。

こんな風を、どこかで感じた気がした。

そう、あれは……。

幼いころ。

大好きだった祖父の膝の上。

名探偵といわれた祖父が語る幾多の怪事件。

常に聞こえていた、蟬の鳴き声……。

いつの間にかハジメは、うちわでせわしなく扇ぐのをやめて、窓からのささやかな風に身をゆだねていた。

また、遠雷がした。

さきほどより、一段と近づきつつあるようだ。

山陰から張り出す雲も厚みを増し、秋絵が言っていた雷雨の訪れがそう遠くないことが、今はハジメにもよくわかった。

「……ったく、しっかしおっせーなあ」

長い女たちの着替えに、さすがに少し退屈しかけたその時だった。

「だめよ、武藤《むとう》さん。今は」

隣から、女の声がした。

艶っぽい、大人の女の嬌声《きようせい》だった。

ドキンと、ハジメの心臓が鼓動した。

そ、そういう経験のないハジメにも、すぐに情景の浮かぶような甘い声だった。

「大丈夫ですよ、葉月さん。広い家なんだから」

今度は、低い男の声である。

「あちゃー……」

ハジメは、思わず小声で漏らした。

それに気づいたのか隣の男女の声がふいに途絶え、畳をこするような音がした。

ついつい耳をそばだてる。

隣室の気配はそのまま廊下へと場所を移し、やがてそらぞらしい話し声が聞こえだした。

「あら、金田一さん。こちらにいらしたんですか」

そう言って開けっ放しの戸口から顔をだしたのは案の定、葉月夫人だった。

ハジメは、なんとなく気まずい思いをこらえながら、

「い、いやー、ははは。美雪のやつが着替えまだで、おれ一人ここで待たされてるんスよー」

と、頭をかいてみせた。

「それはそれは気がつかずに。すぐになにか冷たいものでも、お持ちしますから。

——あ、そうそう」

葉月夫人は戸口から、廊下に立っている誰かに促すような視線を送り、

「——ご紹介しますわ。亡くなった夫の友人の弟さんで、武藤恭一《きょういち》先生です。昆虫学

者をなさっているの。先生、こちらは秋絵さんが東京の学校に通っていたころのクラスメートで、金田一さん」

「ははは、嫌だな。先生はやめてくださいよ。僕はただの居候ですから」

張りのある笑い声とともに入ってきたのは、三十代前半の長身の男だった。

男は、ハジメに向かって白い歯を見せて、

「どうも。武藤です。裏の離れに居候させてもらってます」

と言って、軽く頭をさげた。

武藤は彫りの深い顔だちで、なるほどとハジメにも思わすような男前だった。

夏なのにグレーの長袖シャツを腕もまくらずに着込んでいて、ズボンも丈夫そうな厚手のチノパンである。

チノパンには、よく見ると植物の種子のようなものがたくさんくっついていた。

いかにも野外での研究活動から戻ってきた昆虫学者、といった風体だが、男にしてはやけに長い睫毛《まつげ》に囲まれたその瞳には、どこか狡猾《こうかつ》な光が宿っているようにハジメには映った。

少し長めの髪をかきあげる仕種《しぐさ》がナルシスティックで、人目を意識しているのがみえみえだ。女には、たしかにもてるだろう。そして、そういう自分の魅力を知っていてうまく利用していくタイプなのかもしれない。

資産家の未亡人に取り入って、おそらくは肉体関係をもちながら居候として住みついている男といえば、高校生のハジメにもだいたいの想像はつく。

しかし、だからといって突き放す理由もハジメにはない。

ハジメは作り笑いで、

「あ、どうもどうも、金田一一っす。いやー、カッコいい人っすねー！　昆虫学者かぁー、うんうん、なんかそんな感じだなあ。どういう研究してるんすか？」

お世辞を口にするハジメを見下すように口の端で笑って、武藤は言った。

「蟬の研究ですよ。このあたりは種類といい数といい、日本でも有数の蟬の生息地でね。ほら、こうしていても聞こえるでしょう？　無数の蟬の声。ちょっと聞き分けるだけでも、ざっと六種類いるんですよ。アブラゼミ、クマゼミ、ニイニイゼミ、ミンミンゼミ、ヒグラシにツクツクホウシ……おっと失礼。こんな話、興味ありませんよね」

「あ、いや……すごいっすね、鳴き声だけで蟬の種類までわかっちゃうんですか」

と、ハジメ。昆虫学者というのは、あながち嘘《うそ》ではなさそうだ。

武藤はハジメの反応に気をよくしたのか、白い歯を見せて、

「ええ。まあ、蟬ばかり追っかけてますからね。そうだ、よかったら僕のコレクションご覧になりませんか。まだ浴衣の着付けも終わらないようですし」

子供っぽく微笑む武藤を横目で見ながら、葉月夫人も微笑んでいる。

「じゃあ、ちょっとだけ」

そう言ってハジメは、つきあい半分興味半分で重い腰をあげた。

8

武藤が居候しているという離れは、母屋の裏手にあった。

ここ十年ほどは物置に使われていた建物を、簡単に改造して人が生活できるように整えたのだということだった。

武藤本人の話では、彼は亡くなった朝木家の当主、朝木冬生《とうせい》の友人の弟だという。その武藤が半年前、蟬の研究のためにこの地を訪れた際、冬生がこの離れを武藤にあたえたのである。

しかしその二ヵ月後に冬生は仕事中の事故でこの世をさり、武藤は葉月夫人の頼みもあってそのまま離れに居候することになったらしい。

「主人がなくなって、この大きな家に女四人じゃなにかと不安でしょう。だから、今進めていらっしゃる論文が完成するまでの間だけでもって、私がお願いして武藤さんにいていただくことになったんです」

夫人は、そう言って頼るように武藤を見た。

「さ、こちらです」

と、武藤が先んじて裏口を出ようとした時だった。

空がフラッシュをたいたように輝いた。

二、三秒して雷鳴が轟《とどろ》く。

「うわっ！」

武藤が、思わずのけ反る。後ろについて裏口から外に出ようとしていたハジメは、長身の武藤の背中に鼻をぶつけて尻餅をついた。

「な、なんですか、武藤さん」

と、ハジメ。

「すみません、ちょっと雷がね。大嫌いなもので……」

武藤は、照れ笑いをしながら、カチャカチャと自分のズボンのベルトを外し始めた。

首をひねっているハジメに、武藤は言った。

「雷は金属に落ちますからね。とくに多いのがベルトのバックルに落ちるパターンなんです。ゴルフとかで、クラブを離してもう大丈夫と思った矢先に、バックルに落ちて感電死した人の話を聞いたことがありまして。ははは……」

「はあ……」と返事をしながら、ハジメは思った。

どうやらこの男は、庭の大きな欅の木が避雷針になっていることを知らないらしい。もっとも、自分に落ちてこないとわかっていても、嫌いな人間にとっては生理的に耐えられないものなのかも知れないが。

「……これでよし、さ、じゃあ行きましょうか」

武藤は、外したベルトを廊下の隅に丸めて置くと、石段にあった古いサンダルを履いて恐々《こわごわ》と空を見上げながら裏庭におりた。

裏口を出て六、七メートルの場所に離れの入り口があった。その間には敷石《しきいし》もなければ飛び石さえもなく、白茶けた土の上を歩いていくことになる。

焼き物の材料になるという粘土の地面は、カチカチに乾いて踏んでも跡もつかない。

「あれ？」

ハジメは、ふと周囲を見渡して立ち止まった。

「なにか？」と、葉月夫人。

「あ、いえ……。足跡らしいものが見当たらないなって思って」

「足跡ですか。この通りこの土は乾くと固くなりますから」

言いかけた武藤に、ハジメは、

「でも、ここらって、毎日夕方になると雨が降るんでしょう？　だったらほら、夕食のあと武藤さんが離れに戻る時とかに、足跡がつくんじゃないですか」

つい頭に浮かんだ疑問を口にして、しまったと思った。

余計な詮索をしているように思われたかもしれない。

武藤がどこで寝泊まりしていようとも、部外者のハジメにはどうでもいいことだ。ハジメには、こうして疑問に思ったことをすぐに口にだして大人に煙たがられる悪い癖がある。

案の定、武藤は少し戸惑った様子で葉月夫人と顔を見合わせて、

「ああ、そういえばここしばらくは、夜は離れに足を運んでなかったかもなあ」

夫人が、その言葉に合わせるように、

「ここのところ、寝泊まりに関しては母屋の方でしていただいてるんです。だって、

なんとなく不用心でしょう。女四人だけじゃ」

忍び返し付きの高い塀に囲まれた屋敷で、不用心もないものだと思いながらも、それ以上は追及せずにハジメはフンフンとうなずいてみせた。

さきほど隣部屋から聞こえてきた艶っぽいやりとりから想像するに、武藤の寝場所は葉月夫人の寝室なのかもしれない。

もしそうだとしたら、武藤の図々しさもたいしたものだが、葉月夫人の厚顔ぶりにもいささか呆《あき》れる。

この二人の関係に、時雨や秋絵は気づいているのだろうか。

知っているとしたら、葉月の実の娘である時雨はさぞや傷ついていることだろう。いや、時雨よりもっとショックなのは、秋絵かもしれない。

夫が亡くなってまだ、たった四ヵ月しかたっていないというのにこの有り様では、父を失った秋絵としては、やり切れないものがあるはずだ。

そう考えると、ハジメがこの義理の母子の間に感じたよそよそしさは、どうも気のせいではなかったらしい。

あるいはこの武藤という男の存在が、朝木家に漂うどこか不穏な空気の元凶なのかも知れない。

夫人は、そんなハジメの思いを感じ取ったのか、苦笑いで言った。

「さすがに好奇心旺盛ですわね、金田一さん。それに、すごい観察眼。名探偵のお孫さんというのは、本当なんですね」

「へっ？　なんでそのことを？」

ハジメが問い返すと、夫人は答えた。

「時雨から聞いたんです。秋絵さんがあの子に『今度くる高校の友達は、名探偵金田一耕助《こうすけ》の孫なんだ』って話してたみたい」

「はあ……」と、あいづちを打ちながら、ハジメは思った。

秋絵と時雨の関係は、義理の母である葉月夫人とのそれと比べるとずっといいようだ。少なくとも表面上は。

9

「さあ、どうぞお入りください。雑然としてますが……」

先に離れの戸口をくぐった武藤に促されて、ハジメは彼の〝仕事場〟に足を踏み入れた。

離れに入るなりハジメは、室内のあまりの異様な様子に唖然《あぜん》となった。思わず足元の壺につまずく。

傘立てらしき空っぽの壺が、ガランガランと音を立てて土間に転がったのを慌てて立て直して、もう一度あらためて室内を見渡した。

「ひえーっ……」

感嘆の声がもれた。

壁一杯に飾られたガラスケースのなかに、無数の蝉の標本が収められていたのだ。

それは、みごとというよりも不気味な光景だった。

標本ひとつひとつに、きちんと一般名称と学名を記したカードが添えられている。

一体いくつあるのだろう。

蝉の種類がどのくらいあるのかは知らないが、これが全て異なった種類のものだとしたら、大変なコレクションである。

「どうです。ちょっとしたものでしょう」

得意そうに言う武藤に、ハジメはうなずくしかない。

「え、ええ。すっごいな、こりゃ。いったい何匹いるんですか」

「さあ、僕も正確に数えたことはないんですが、少なくとも四千は超えているはずですよ」

「四千!?　まさか全部違う種類ってことは……」

「いや、まさか。蟬はそんなに多種の昆虫じゃありません。世界中から集めてもだいたい千六百種類ほどしかいないんだ。ここにある標本はせいぜいその三分の一程度ですよ。

同じ種類でも幼虫から成虫にいたるまでの全ての形態を揃《そろ》えているし、それに羽の柄に特徴のあるものや奇形種、ひょっとしたら新種の可能性のあるものなども集めているので、こんな数になってしまったんです。しかし、実は僕の自慢はこっちの壁に飾ってある標本のほうなんですよ」

得意げに言って武藤が指し示した方の壁には、飴色《あめいろ》の標本がやはり壁一杯に並んでいた。

ハジメは、武藤に言われるままに近づいて目をこらす。

「あれ？　これ、全部脱け殻じゃないですか」

「そう、蟬の脱け殻、いわゆる〝空蟬《うつせみ》〟というやつです。これだけじゃない、そっちのプラスチックの大きな瓶の中も、全部そうなんですよ。凄い数でしょう」

「え、ええ……」

唖然としているハジメを尻目に、武藤はますます自慢げに、

「蟬そのものを捕まえるよりも、脱け殻を探し出すほうが難しいくらいなんですよ。それにご存じのように脱け殻は軽く力を入れて持ったりするだけで、簡単に潰れてしまいますからね。保管にも気を使うんです。

プラスチックの瓶に入ってるやつは、ちょっと形の崩れたものばかりです。それでも物心つくころからのコレクションなんで、捨てられずにああして未練がましくとってあるんですよ」

武藤の指し示した二つのプラスチック瓶は、大きめのバケツほどの大きさで、ちょうどバケツのように手をかける半円形の把手《とって》が付けられていた。

きちっと蓋をされたその瓶は、二つとも飴色の蟬の脱け殻で一杯になっている。

物心つくころからのコレクションだというだけある、とてつもない数だ。

感心するというよりそのマニアぶりに呆れ返っているハジメに向かって、武藤は照れくさそうに髪をかきあげながら、

「いや、変なやつだって思われちゃったかな、ははは。でも、きみも子供のころは蟬の脱け殻を見つけてワクワクしたこととかあるでしょう。僕はそれがきっかけで、どんどんエスカレートしてしまったんです。

夏休みになると、毎日近所の林や公園にでかけて、蝉の脱け殻を見つけると小躍りして喜んで、そっとちり紙にくるんで持って帰ったりしたもんです。

そのうちに、大学も昆虫学をやれるところに進んで、とうとうロクな仕事もせずにこうして、蝉をとったり脱け殻を探してまわったり……。まったく葉月さんにお世話になっているから続けられるんですよ。そうでなきゃ、とっくに……」

「あら、そんな。りっぱなお仕事ですわ、先生の蝉の研究は。そのうちにきっと素晴らしい発見をなさって、どこかの大学から教授として引っ張られるに決まってます」

と、葉月。本気でそう思っているのか、それとも武藤にそばにいてほしいという気持ちから出た言葉なのか。

武藤は日焼けした顔をほころばせて、

「そうなると、葉月さんにも恩返しができるんですが」

と、女の喜ぶツボを押さえたようなことを言った。

なんとなくうんざりしたハジメが、腕時計《Gショック》に目をやりながら、

「じゃあ、おれはそろそろ……」

と言ってドアに歩み寄ろうとした、その時だった。

ガチャッと荒々しく音を立ててドアが外から開けられた。

入ってきたのは、朝木春子だった。

ポルシェを運転してハジメたちを迎えにきた時と同じ、黄色の派手なワンピースを着ている。

春子は顎を突き出して、寄り添うように並んで立っている武藤と葉月夫人を睨《にら》み付けると、憎々しげな笑みを浮かべて言った。

「あら、またお二人で籠もっていらっしゃるのかと思ったら、金田一君も一緒だったの」

武藤は、春子を見ると悩ましげに額に手を当てて、

「キミには関係ないだろう、僕が誰と一緒にいようと」

と、吐き捨てるように言った。

葉月夫人は、心なしか武藤から体を離して、黙ってうつむいている。

なるほど、とハジメは思った。

春子を〝キミ〟と呼んだ、武藤。

黙って春子の視線を避けるようにうつむいた、葉月夫人。

ひょっとすると武藤は、春子との間にもなにかあったのではないだろうか。

田舎生活が似合わないし、好きとも思えない春子がおそらくは無理をしてこの村に

身を置いている理由も、その辺りにあるのかも知れない。

「はじめちゃん、どこにいるの!?」

一触即発の空気を打ち消してくれたのは、美雪の呼び声だった。

「あ、ここ、ここ! おーい!」

ハジメも、それに大声で応えて、スニーカーをつっかけて外に出ていく。

「あ、いたいた、どこいったかと思ったじゃない」

と、美雪。裏口には、美雪とおなじく浴衣に着替えた秋絵の姿も見える。

秋絵は、気まずい雰囲気を引きずったままで離れから出てきた葉月たち三人に気づいて、一瞬表情を曇らせた。が、すぐにいつもの笑顔を取り戻して、

「金田一君も、早く着替えて。お祭りが始まる前に、縁日めぐりとかしときたいし」

と、手招きしてみせる。

「じゃあ、葉月さん。お客さんもいらしてることですし、論文の締め切りも近いんで、僕は今日は離れで寝ますから」

武藤がそう言うと、葉月夫人も、なにごともなかったかのような笑顔になって、

「そうですか。すみません。じゃあ、ご夕食もあとで、離れの方にお持ちしますから。お仕事をなさるなら、サンドイッチがよろしいですわね」

と、わざとよそよそしい言い方をして、軽く会釈をしてその場を辞した。

10

神社の鳥居から真っ直《まっす》ぐにのびる参道には縁日がずらりと並び、どの店の前にも数人の子供が陣取って、何を買うでもなく嬌声をあげている。

参道を歩く人々の足取りはゆっくりとしていて、混雑で思うように前に進めない苛立ちは感じられなかった。

小さな村によくもこれだけの人間が住んでいるものだと思えるほどに、境内は人でごったがえしている。

普通、神社は一段高い場所に作られるものだが、この村では落雷の危険を避けるためなのか、まわりを高い欅に囲まれた窪地《くぼち》に社が設けられていた。

境内の中程には大きな広場があり、そこには普通の祭りで目にするものと比べて、やや広くて低い矢倉が組まれている。

矢倉の上には古い大きな太鼓が置かれていて、その周りを少し変わった柄形のはっぴを纏《まと》った男たちが、手に持ったばちを互いに打ち鳴らしながら、剣舞のような踊りを披露していた。

「なあ、秋絵」

たこ焼きを頬張りながら、ハジメがきいた。

「——なんであの連中、太鼓叩かないんだ？」

秋絵は、美雪と一緒に買った綿菓子にかぶりつきながら、

「まだ、お祭りが始まってないもの。昼間の四十度近い高温が雷雲を作って、それが夕方になって雷雨を呼ぶの。雷祭の始まりは、この神社の周りを取り囲む御神木の七《なな》欅《けやき》の一つに雷が落ちたその時よ。落雷を合図に矢倉の上の七人の男たちが大太鼓を打ち鳴らすと……おっと、ここから先は見てのお楽しみ」

「なんだよ、教えろよ秋絵」

ハジメが脇を突っついても、秋絵はいたずらっぽく笑うだけである。

「ふーん、なんか、変わったお祭りなのね」

と、美雪。口の周りに、くっついた綿菓子を舌でなめとりながら、

「——でも、もしその欅に雷が落ちなかったりしたらどうするのかな。いつまでもお祭りが始められないじゃない」

秋絵は、

「そういうことは、雷祭が始まって以来三百年間、一度もなかったみたいよ」

と言って笑った。

「――なんでも七欅のてっぺんには――御剣《みつるぎ》っていうんだけど――銅の剣がくくりつけてあって、そこから銅の鎖が地面にまで延びてるんですって」

「へえー、〝アース〟じゃん、それって」

ハジメが言うと、秋絵はうなずいて、

「ええ。この村のどの家にも必ず一本ずつある大木にも、同じ仕掛けがしてあるのよ。ようするに今でいう避雷針と同じ原理ね。何百年も昔から行われている、落雷事故を防ぐための生活の知恵ってとこかしら」

と言って笑った。

三人は、祭りの中心から少し外れた場所に作られた小さな四阿《あずまや》の下の、丸太を縦に割ったベンチに腰掛けて、縁日で買った瓶入りラムネを飲んだ。

瓶の中に落ちた栓代わりのビー玉をカランカランと鳴らしながら、ハジメが言った。

「懐かしーな、こーゆーの。最近、地元の祭りとかもあんまし行かなくなっちゃったしなー。ま、行ってもこんな懐かしい飲み物あるかどうかわかんねーけど」

「あら、あると思うわよ。最近、こーゆーレトロっぽい飲み物、流行ってるみたいだし」と、美雪。

「そうかぁ？　だって何年か前にお前と祭り行った時だって、確かなかったぜ、ラムネなんか。それどころか、金魚すくいもなくて、代わりにスーパーボールすくいとかがあってさー」

「そういえば、あったわね、スーパーボールすくいって。なんか風情ないなー、って思った覚えあるわ」

「そうそう。あれはハズシてるよな、はっきりいって。でも、この祭りはそういうのなさそうじゃん。なんかどれも昔ながらの縁日って感じでさー、なあ、秋絵」

ハジメに話を振られて、秋絵ははっとしたように、

「あ、ええ、そう……そうね。こういうお祭りって、東京にはもうあんまりないかもしれないね」

「？　どうしたの、なんか変よ、秋絵ちゃん。もしかして体調が悪いとか……」

美雪が心配そうにのぞきこむと、秋絵は笑顔で首を振って、

「ううん、そうじゃないの。ただ、ここで妹と……時雨と待ち合わせしてたのに、まだ来ないからどうしちゃったのかなって……」

秋絵は、飲みおえたラムネの瓶を臨時で置かれたゴミ箱に投げ入れると、腕時計を見ながら立ち上がり、

「――ごめん、あたしちょっと時雨のこと探してくる。お祭り始まるまでには戻ってくるから。たぶんお祭りが始まるのは五時半から六時くらいだと思うんで、そうね、あと三十分後……五時ごろにまたここで待ち合わせしましょう。それまで、二人の時間を楽しんでね」

「ブッ……お、おい秋絵、二人の時間って……」

ラムネを吹き出しながら言うハジメに、笑顔で手を振って、そのまま小走りに秋絵は人込みに紛れていってしまった。

11

いつの間にか天空は、真っ黒な雷雲に覆われていた。

薄暗くなった空のどこかで、十秒とあけずに稲光がきらめき雷鳴が轟く。

「きゃあっ！」

そのたびに、美雪は悲鳴をあげてハジメに抱きついた。

普段なら悪い気がしないはずのハジメだったが、今は自分自身それどころではなかった。

「だ、だいじょうぶ！　ほら、この神社は避雷針代わりの御神木に囲まれてるって、秋絵も言ってただろ！　人間の上に落ちるわけが……わっ！」

「きゃああっ！」

「い、今の近かったぞ、おい！」

「でも、七欅に落ちたんじゃないみたい。まだお祭り始まらないし……」

美雪は、すっかり脅えて肩をすぼめてしまっている。

秋絵と別れたばかりの時は楽しく縁日を見て回った二人だったが、雷が近づくにつれて祭りを楽しむ余裕はなくなり、もう十分も前から待ち合わせ場所の四阿に身を寄せているのだ。

相変わらず賑わう祭りの様子を眺めながら、ハジメは不思議でならなかった。

この祭りに参加している村人たちが、雷を恐れているようには見えなかったからだ。

雷が光るたびに空を見上げはするものの、悲鳴をあげたり頭を抱えたりする者は誰一人としていない。

子供の頃からの経験で、自分の上に落ちることがないと知っているからなのだろうか。それとも、この村の人々が古来から、雷を信仰の対象として崇《あが》めてきたからなのだろうか。

「遅いね、秋絵ちゃん。もうとっくに五時過ぎてるのに」

美雪は、そう言って腕時計に目をやった。

脇からのぞくと、時刻は五時五分である。とっくに過ぎている、というほどの時間ではなかったが、どんどん近くなる雷に震えている美雪にとっては、その五分が十分にも二十分にも感じるのだろう。

「きゃああっ！」

また稲光。そしてほとんど同時に雷鳴が轟く。

大地を揺るがすような轟音《ごうおん》に、それでもやはり村の人々は恐れる様子もなく祭りの賑わいが滞ることもない。

矢倉の上の男たちは、相変わらず互いのばちを打ちつけ合いながら踊り狂っている。

矢倉の下ではいつ現れたのか、御神木から切り落としたと思われる欅の枝を掲げた巫女《みこ》姿の女たちが、男たちの打ち鳴らすばちのリズムに合わせて奇妙な舞を演じ始めていた。

時刻の感覚が狂うほどに薄暗くなった神社の境内は、まるで悪夢の中に迷い込んだかのような現実感のなさに満ちている。

ふとハジメは、急に尿意を催して立ちあがった。

「どうしたの、はじめちゃん」

と、美雪。

「いや、ちっとトイレ」

「えっ、秋絵ちゃんが来るまで我慢してよ」

不安げに眉を寄せる美雪だったが、ハジメの尿意は強まるばかりで、とても我慢できそうにもない。

「すぐ帰ってくるから」

ハジメが言うと、美雪は泣きそうな顔で、

「じゃあ、あたしも一緒にいく」

「そりゃまずいよ、秋絵が来たら心配するぜ」

「そっか……じゃあ、ほんとにすぐ帰ってきてね」

美雪はそう言って、悲しそうな顔でハジメを送り出した。

神社の裏手の手洗い所で用を済ませると、ハジメは小走りで美雪の待つ四阿にいそいだ。

その時である。

ふいに、なにかその場の空気が張り詰めたような気配が走った。

相変わらず四十度近くあった気温が、少し下がった感じがした。

「ん……？」

ハジメが足を止めて空を仰ぎ見た刹那、目も眩《くら》むような閃光《せんこう》が空気を引き裂いた。

まったく同時に轟いた爆音のごとき雷鳴に、大地が揺らぐ。

驚きのあまり声も出せずに尻餅をついたハジメの網膜に、緑色をした稲妻の残像が焼きついていた。

それを合図に、矢倉の上の男たちは我先にと大太鼓に飛び掛かり、力任せにばちを振り下ろす。

ドーン！　ドドドドド！

太鼓の音が雷鳴を引きつぐように境内に響き渡り、巫女たちが両手に持った御神木の枝を天高く振りかざした。

縁日に夢中だった子供も、世間話に興じていた母親たちも、酒に酔って顔を赤くした男たちも、誰もが一斉に天を仰いで声を張り上げる。

「おおおーっ！」

暗い天空に閃光が走り、爆音が轟く。また七欅に雷が落ちたのだ。

「おおおーっ！」

再び歓声があがった。

太鼓の連打が、勢いを増す。

それに応えるように天から雨粒が落ちはじめ、すぐにどしゃぶりとなって降り注ぐ。

ハジメは、慌てて社の軒に逃げ込もうとする。が、逆に我先にと祭りの中心に向かおうとする人々の群れにのみこまれて流されてしまう。

村人たちは誰一人として雨を避けようとはしない。それどころか何日振りかの雨に喜ぶ砂漠の住人のように、空を見上げながら全身にすすんで雨を浴びようとさえしている。

この世のものとは思えないような、異様な光景……。

雷祭の始まりだった。

第二章　足跡が示す容疑者

1

轟く落雷の音で、彼女は目を覚ました。

まだわずかにズキズキと痛む頭を押さえながら、ゆっくりと立ち上がる。

混濁していた意識がしだいにまとまりはじめる。それと同時に、激しい動揺が胸を締めつけていく。

頭を振って、室内を見回した。

そして、息をのむ。

……あった。

やはりあれは、悪夢でもなんでもなかった。すべては現実の出来事だったのだ。

板張《いたば》りの床に横たわり、打ち捨てられたマネキンのように動かない肉体。

死体だ。

思わず両手で顔を覆う。

しかし、悲鳴は出てこなかった。

大きくひとつ、ため息をついただけで、彼女は半分落ちつきを取り戻していた。

紛れもない他殺死体を目《ま》の当たりにしながら、彼女は助けを呼ぼうとも逃げ出そうともしなかった。

なぜならば、目の前に横たわる〝相手〟と揉み合いを演じ、とっさに突き飛ばされながらも重いガラスの灰皿を力一杯その頭めがけて振り下ろしたのは、他ならぬ彼女自身だったからである。

彼女が灰皿を叩きつけたその頭からは、おびただしい血が流れている。

天井に向かって見開かれたその目は、早くも光を失い、どんよりと濁り始めていた。

腕時計を見る。

あれからまだ十分ほどしかたっていない。

だがその肉体は、血のかよう生き物からただの肉塊へと確実に変貌を遂げている。

彼女の心臓は、今や祭り太鼓のように激しく音を立てていた。

脅えはあったが、不思議と後悔はなかった。突発的だったとはいえ、あの瞬間自分には確かに殺意があった。

殺してやる、と間違いなく思っていた。

殺されるだけのことを、〝コイツ〟はしたのだとも。

その気持ちは、こうして死体を目の当たりにした今も変わらない。

ただ、こんなやつを殺したために、自分の人生が台無《だいな》しになってしまうのだけは、どうにも我慢がならない。

そういう意味での悔しさは感じている。

なんとかしなくては。

彼女は思った。

警察に捕まるのだけはごめんだ。

ではどうする。

どうすればいい。

ともかく、このままにしておいたのではすぐに自分に疑いがかかるのは明白だ。

彼女は辺りを見回し、凶器の灰皿を探した。

それは、血まみれの状態でベッドの上に転がっていた。

よし、まずはあれだ。

指紋を拭き取るのだ。

そう、忘れずにドアノブからも。

この家の住人の指紋は、この部屋にいくらでも残っているだろう。しかし、最後にこの部屋に入ってきた者が誰なのか、ノブの指紋から判明する可能性は充分にある。

それから彼女は、返り血を浴びていないか丹念に確かめた。とりあえずそれらしい染みは見当たらない。

よし、よし、と何度も頭の中で繰り返す。そして、大きく息を吸って気を落ちつかせ、この先なにをすればいいかを考えた。

部屋の中を、もう一度見回す。

なにかいいアイデアはないものか、と。

胸に手を当てて考えた。

なにか、なにかあるはずだ。

なにか……。

再び稲光が閃《ひらめ》いた。

ほとんど同時に、耳をつんざくような雷鳴が轟く。

その瞬間だった。

あたかも雷神に授けられたかのように、彼女の脳裏に一つの〝考え〟が忽然《こつぜん》と浮かびあがった。

それは、今彼女が置かれている絶対の窮地を脱することができるかも知れない、大胆にして巧妙な、まさに悪魔のような〝トリック〟だった。

もう一度、時計に目をやる。

大丈夫。

まだ時間はあるはず。

しかし、急いだほうがいいことも確かだった。

彼女は大きく深呼吸して心を落ちつかせ、行動を開始した。

2

トイレに行くと言ってハジメが四阿を出ていってすぐに、美雪はひどく後悔し始めていた。

ハジメはすぐに戻るつもりでいても、トイレがどこにあるかも人に尋ねなくてはわからないわけだし、意外と遠い場所かも知れない。慌て者のハジメのことだ、早合点《はやがてん》してとんでもないところに迷い込むことだってあるだろう。

そうしたらすぐに戻るつもりでも戻れなくなり、下手をすると十分や二十分は、このものすごい雷が鳴り響く中をたった一人で待たされることになる。

「ああ、もう……やっぱりあたしもついていくんだった……」

早く戻ってきて。

ハジメが戻ってこないなら、秋絵でもいい。

ともかく誰か一緒に……。

「きゃあっ！」

また雲の狭間《はざま》に稲妻が閃く。

近い。程なく雷鳴が襲ってくるだろう。

思わず耳をふさいで目を閉じた。

それでも雷鳴は美雪の全身の皮膚そのものを震わして鼓膜に届いた。

ゆっくりと目を開ける。

広場では、相変わらず村人たちが何事もなかったかのような様子で、祭りの賑わいを楽しんでいる。

美雪は、ふと違和感を覚えた。

なぜこの村の人々は、この激しい雷の中であんなに平気でいられるのだろう。

御神木の七欅が避雷針になっていて、安全だとわかっているから?

そうだろうか。

美雪もそのことは秋絵から聞いてよく理解している。しかし、この恐ろしさは理屈ではない。きっと人間は古代から受け継がれた本能で、雷を恐れるようにできているのだ。

例えば夜空に光る花火は、その炸裂音《さくれつおん》も含めて怖いというよりは美しくて楽しい。

だがこうして頭の上で閃く青い稲光には、恐怖しか感じない。

あの高層ビルのガラスが一度に全部割れるような落雷の音には、全身の毛穴が開くような悪寒を覚える。

この村の人たちは、そうではないのだろうか。

美雪は、どこか異世界に迷い込んでしまったような感じがした。

雷を神と崇める人々の棲《す》む、得体の知れない異境……。

「あら、七瀬さん。どうしたの、こんなところに一人で」

聞き覚えのある声に顔を上げると、鮮やかな黄色のワンピースを着た朝木春子が立っていた。

「あ、どうも……」

と、美雪は軽く頭をさげた。時雨とのいがみ合いを見てしまって以来、秋絵の叔母だというこの派手好きな女性にはなんとなく良い印象がなかったが、この時ばかりは少しほっとした。

一人でいるよりは、誰でも構わないから自分を知っている人間に近くにいて欲しかったのだ。

春子はそんな美雪の気持ちを感じてか、美雪の座っている丸太ベンチに自分も腰を下ろして、

「金田一君はどうしたの？　まったく仕方ないカレねえ。カノジョを一人きりでほったらかして、どこいっちゃったの？」

「はじめちゃん、トイレにいくって……ほんとは一緒にいけば良かったんだけど、秋絵ちゃんとここで待ち合わせしてるし……。あの、それとあたしとはじめちゃんって……その……」

カレシとカノジョというような関係ではない、と言おうとしてやめた。じゃあどんな関係なのかときかれると、答えに困ると思ったからだ。

ただの幼なじみというには、あまりにも近しい関係だと思うし、かといって恋人同

士にはまだとどいていない。

そう。

今はまだ……。

美雪の思いを、強烈な閃光が遮った。

「きゃあっ！」

思わず、隣に座っている春子の腕にすがりつく。

春子は平然と言った。

「怖いでしょ、雷」

「え、ええ……きゃっ！　また……」

「ふふ……こうして雷祭に来てるとつくづく思うわ。どんなに東京暮らしが長くなっても、やっぱりあたしも雲場村の人間なんだって。変だもんね、こんな凄い雷が全然怖くないなんて」

「春子さんも怖くないんですか、雷」

美雪がきくと、春子は笑って、

「ええ、まったく。子供のころからずっとこの時期はこうだから。それに親にも祖父母にも、雷は神様だから怖くないんだって、怖がると怒らすことになるんだって、そう聞かされてきたからね」

「へえ……そうなんですか」

「そうよ。だから、雷を怖がるか怖がらないかで、村の人間かそうでないか一目でわかるのよ。例えば葉月さん。あの人なんかは、雷祭には絶対に参加しない。というか出来ないのよ、雷が怖くて。笑っちゃうわ」

春子は、そう言って口の端を片方だけつりあげた。

「――でもね、例外もいるの。村の人間でもないのに、最初から全然雷を怖がらなかった子もね。初めて見たわあたし、あんな子」

春子の口もとから、笑みが消えた。

「――時雨のことよ。あの子は、三年前に朝木家に入ってきたその時から、雷祭に村の人間と同じく参加してた。最初は無理してるのかと思ったけど、どうも違うみたい。ほんとに怖くないみたいなのよ、雷が。嫌な子だって思ったわ、つくづく……」

「…………」

「あ、ごめんなさい。今日初めて会った子に、こんな話きかせて」

「いえ……」

「……秋絵が可哀相《かわいそう》でね。あたしがいなかったら、ほんとに孤立無援なのよ、今のあの子は。だから、あなたたちに来てほしかったんだと思う」

美雪は、どう返事をしていいのか困って、ただ黙ってうつむいていた。

春子が、そんな美雪に向かってまた何事か話しかけようとした、その刹那だった。

凄まじい雷鳴と同時に、眩い閃光が網膜を焼いた。

祭りの始まりを告げる、御神木の七欅への落雷だった。

3

ハジメは、どこから集まったのかと思うような人込みと激しい雷雨にさらされ、それこそ洗濯機の中にでもいるかのような有り様だった。

美雪の待つ四阿までほんの五十メートルもない場所にいるのに、近づくどころかむしろ人に流されて遠ざかってさえいる。

村人たちは雨に打たれ押し合いへし合いしながら、神社を囲む七欅に落雷があるたびに、大声をあげ天に向かって祈りを捧げるように両手を突き上げている。

彼らの表情はいずれも恍惚《こうこつ》をあらわにしていた。稲妻の閃光と落雷の轟音、そして全身を打つ滝のような雨が、彼らをある種のトランス状態に導いているのかもしれない。

テレビのニュースなどで紹介される日本の祭りの中には、当事者以外には狂気を感じさせるような凄まじいものもある。大木を崖から落としたり、巨大な神輿《みこし》をぶつけ合ったり、時には死者を出すような過激な祭りさえあるらしい。

だが、たった今、ハジメの目の前で落雷と同時に幕を開けたこの雷祭は、そのいずれとも違う印象を受けた。激しさと同時に言葉では言い表せない神聖さが、部外者であるハジメにも感じられた。

祭りというよりそれは、古代の神に捧げる儀式のようだった。

「おおい！　通してくれ！」

やみくもに叫びながら、ハジメは必死に前に進もうとした。

だが、ハジメの声は誰の耳にも届かないらしい。みんな、髪を振り乱して絶え間ない落雷に祈りを捧げている。

力ずくで人を押し退け大声をあげているうちに、ハジメ自身もまた渦巻く陶酔の中に引きずり込まれようとしていた。

カメラのフラッシュのように目を射る稲光と、ヘビーメタルのギターリフさながらに耳に突き刺さる雷鳴。

そして、心臓を直撃する大太鼓のリズムが、滝を浴びる禅の行者《ぎようじや》のように雨に打たれるハジメの脳から、自我を奪いさってゆく。

叫び声を上げつづけて酸素不足にでもなったのか、頭の中が真っ白になり、体が痺《しび》れ、足元がふらつく。

なにも考えられない。

なにも……。

「……？」

ふと、誰かの手がハジメの腕をつかむ。

ひんやりと冷たい手だ。

ハジメをつかんだ手は、そのまま巧《たく》みに人の群れをかいくぐり、いつの間にか祭りの喧騒《けんそう》からハジメを連れ出していた。

社の軒下まで行って、ハジメはようやく正気を取り戻した。

「あ、あれ……おれ……？」

後ろで縛った髪が、ほどけかけている。額に張りついたままの前髪をかきあげながら顔をあげると、朝木時雨が立っていた。

「大丈夫ですか、金田一さん」

時雨は言った。

その細い体のどこから出るのかと思えるような、芯の通った声だった。

「だ、大丈夫……いや、でもまいったよ。なんつー祭りなんだ、ったく……」

まだぼうっとしている頭を軽く振る。そして時雨に目をやった。

「わっ！」

時雨の格好を見て、思わず小さく声をあげた。

藍色の浴衣が雨に濡れて体にピッタリと張りついていたからだ。

暗雲のせいもあってほとんど夜のような闇の中で、ときおり輝く閃光に照らしだされるその肢体は、まるで海から上がったばかりの人魚のようだった。

落雷のたびに浴衣の模様が鱗《うろこ》のように光る。割れた裾からは、蠟細工《ろうざいく》のように白い足が腿《もも》のあたりまで覗《のぞ》いていた。

帯に締めつけられた腰は、ハジメより二つも年下の十五歳という年齢には、とても見えないほどに艶《なま》めかしくくびれている。

胸の膨らみは大きいとはいえないまでも、頸《くび》や腕の細さと比べると意外なくらいに豊かに思える。濡れて張りついた薄い布を通して乳首までがうっすらと透《す》けて見えた。

昼間はじめて見た時には棒のような痩せぎすかと思えたが、目の前の時雨の体は女性らしさを充分に備えていた。

目のやり場に困っているハジメの様子を意に介さず、時雨はすうっと身を寄せてきて言った。

「どうして一人で祭りに？　七瀬さんは？」

額を伝う雨が目に入るのを嫌ってか、切れ長の目を細めて眉を寄せている。

小さいがぽってりとした唇は、肌の白さゆえにそう見えるのか、紅を差したように赤い。

ハジメは、かーっと頭に血が上ってくるのを感じ、慌てて身を引いた。

「ちょ、ちょっとまずいよ、時雨ちゃん、その格好！」

あたふたと胸の前で広げた掌《てのひら》を振る。

時雨は、きょとんと小首をかしげて、

「なにが？」

と言ってまた近づく。

「な、なにがって、だから、雨でほら、浴衣がぴったり張りついちゃって、濡れたTシャツ状態に……」

「別に、この村では祭りの日にはこれが普通よ」

「で、でもさ、なんというか、おれとしては目のやり場に……」

「あ」

ふいに時雨が、小さく声をあげた。

その体が一段とハジメに近づく。

「わっ……」

胸にとびこまれるのかと思って身構えたハジメの脇を、時雨はするっと通りすぎた。

「……え？」

戸惑うハジメを置き去りに、時雨は神社の軒の下を五、六歩小走りに進むと、木の賽銭箱《さいせんばこ》の前で足を止めた。

「？　どうしたの、時雨ちゃん……」

と、ハジメが近づこうとすると時雨は振り返り、人さし指を口の前で立てて、静かに、の仕種をしてみせる。

ハジメは、抜き足差し足で近づく。

時雨はハジメの耳元に、そのやけに紅く目立つ唇を近づけて囁《ささや》いた。

「蟬が脱皮してるわ。日本中の蟬が集まったみたいなこの村でも、めったに見れないのよ」

「へえ……」

「雨が降るのを知ってて、この軒下で脱皮することにしたのかもね」

目を凝らすと、大きな賽銭箱の縁に確かに脱皮をしかけた蟬がとまっていた。

神秘的な光景だった。

飴色の殻の背中あたりが破れ、そこから蟬の成虫が半分体をもたげている。

「……真っ白だ」

思わず、ハジメはつぶやいていた。

脱皮しかけている蟬の成虫は、上等な陶磁器のような乳白色をしていたのだ。

黒い複眼を除けば全身真っ白の蟬の成虫が、飴色の殻から今まさに抜け出ようとしているその様は、植物の種子が芽吹く様子によく似ていた。

「不思議でしょう、金田一さん。真っ白なのよ、脱皮したばかりの蟬って」

時雨が言った。

「うん……ほんとに不思議だ……」

そう答えて、ハジメは脇にいる時雨の横顔に目をやった。

彼女の頬は、祭りの紅いかがり火を受けてもなお白く輝いていた。

あたかも殼を抜け出たばかりの蟬のような、透明感のある白さだった。

紅く浮き上がって見える唇を動かして、時雨はつぶやいた。

「頑張りなさい。永い間暗い土の中で過ごしてきたあなたの、最後の晴れ舞台なんだから……」

彼女の瞳は蟬に向けられたまま、瓶に入れられたビー玉のように動かない。

ハジメは、脱皮を続ける白い蟬の成虫とそれを見つめる時雨とを、網膜の上に重ね合わせるように何度も何度も見比べていた。

大人びた物言い。

それと裏腹な、まだ日を浴びたこともない乳児のように白く滑らかな頬。

卵から孵《かえ》って七年もの間、太陽の届かない地中で暮らし、そして今初めてこの世に生を受けたかのように汚れない白蠟《はくろう》のような体を蠢《うごめ》かし、殼を抜け出ようともがいている蟬の姿に、時雨は酷似していた。

いつの間にか、雨はやんでいた。

雷はまだ上空でときおり閃いていたが、音が少し遅れて聞こえるまでに遠ざかっていた。

秋絵から、時雨はこの村の出身ではないと聞いた。

では、彼女はどこから来たのだろう。

この日本のどこで、どのような暮らしをしてきたのか。

ハジメは、抑えきれない好奇心に動かされて、身動き一つせずに蝉の脱皮に見入っている時雨の肩を叩いた。

「あのさ、時雨ちゃん……」

言いかけたハジメの耳に、聞き慣れた明るい声が飛び込んできた。

「はじめちゃん！」

美雪が秋絵とその叔母の春子を伴《ともな》って、ハジメたちのいる社の軒下に小走りに近づいてくる。

ハジメは、慌てて二歩後ろに飛びのき、大げさに手を振りながら応えた。

「お、おおっ！　美雪！　ここだ、ここだ！　おーい！」

美雪は、ハジメと時雨を見比べると露骨に眉をひそめて、

「なにやってたの、こんなところで」

と、ハジメを睨んだ。

「い、いや、雨宿りをね……」

「やんでるわよ、もう」

「あれ？　ほんとだ！」

ハジメは軒下を出ると、今気づいたかのように両掌《りょうて》を上に向けて、

「──もうやんじまってら！　十分かそこらなんだな、降るのは。へーっ」

美雪は、わざとらしく感心して見せるハジメの耳をグイッとつかんで引っ張りながら、

「さ、行きましょ。雷も雨もやんだし、秋絵ちゃんも来たし、また縁日も再開したみたいだし、ゆーっくりお祭りを楽しもうね！」

ハジメは、悲鳴をあげながら引きずられるようにして美雪の後に続いた。

4

ハジメたちが祭り見物を終えて朝木家への帰路についたのは、夕食の準備ができる夜の七時過ぎだった。

祭りの初めに降った通り雨を浴びてびしょ濡れだったハジメの浴衣は、雨がやむとたちまち戻ってきた暑気のおかげで、三十分とたたないうちにすっかり乾いてしまった。

同じく濡れ鼠《ねずみ》になっていた時雨は、春子が一緒なのを嫌ってか、いつのまにやら姿を消していた。

秋絵の浴衣もやはり濡れていたが、水を弾く生地なのか肌に張りついたり透けて見えるようなことはなかった。そのことについてハジメが、美雪に聞かれないようにこっそり尋ねると、秋絵は、

「村の人だけしかいないなら、みんな同じだから濡れて透けても恥ずかしくないんだけど、今日は金田一君たちが来てたから、水を弾く浴衣を選んだのよ。残念でした」

と言って、舌をだした。

ほとんどの女たちが浴衣姿で参加していた雷祭に黄色いワンピースを着て現れた春子は、堂々と傘を持ち歩いていたので、当然濡れてはいなかった。

祭りの夜の雨に濡れることは、村の人間にとって大事な儀式らしいが、東京暮らしの長い春子には『いまさら』ということらしい。

ハジメがそのことを尋ねると春子は、

「だって、風邪ひいたら困るじゃない」

　と、鼻で笑った。

　ハジメたちが朝木家に戻るころには、雷鳴はすっかり遠ざかり、空には星が灯っていた。

「今帰りました、お母様」

　玄関から大声でそう言うと、秋絵は義母の返事を待った。

　が、葉月からの返事はなく、代わりに居間から紺のワンピースに着替えた時雨が顔を出した。

「あ、時雨。お母様は？」

　と、秋絵。

　時雨は廊下の奥を見ながら、

「さあ、帰ってすぐ部屋に着替えにいっちゃったから……。でも、きっと武藤さんに夕食でも持っていってるんじゃないかしら。さっきそう言ってたし」

　と、無表情な白い顔を少し曇らせた。

　やはり武藤と母親の関係が、気になるのだろうか、とハジメが思ったその時だった。

「きゃああーっ！」

遠くから、微かに女の悲鳴が聞こえた。

時雨と秋絵が顔を見合わす。

「お母さん……？」

時雨が言った。

ハジメは直感的に異変を悟り、秋絵と時雨を押し退けるようにして廊下を走り抜け、声のした方角を目指した。

他の四人も、ハジメのあとに続く。

声のした方角に進むと、裏口に突き当たった。離れに行くときに使った、あの裏口である。

「離れか……！」

言うが早いか、ハジメは裏口の扉を力任せに開いた。

石段に乱雑に置かれている何足分かのサンダルを、不揃いのまま突っかけて段を下りようとして、慌てて足を止めた。

よろけて落ちそうになるが、裏口の脇の洗い場に置かれた洗濯機につかまって辛うじて踏みとどまる。

「どうしたの、金田一君！」

あとにつかえた秋絵がきくと、ハジメは振り返って言った。

「みんな、とりあえずここで待っていてくれ。離れには、おれ一人で行ってくる」

「えっ？　どうして？　泥棒とかいたら、危ないわ」

と、美雪。

「泥棒なんかいやしないさ。高い塀に囲まれたこんな屋敷に、そう簡単に入れやしないよ」

「じゃあ、はじめちゃん、さっきの悲鳴は……」

「わからない。だからこそ、ここはおれ一人で行ってみたいんだ」

「どうしてよ、あなた。なんのつもり？」

そう言って割り込んできた春子に、ハジメは石段の上で脇によけながら、

「見てくださいよ、これを」

と、離れと母屋の間の地面を指し示した。

裏口の電灯と離れの窓から漏れる明かりに照らしだされた地面は、雨を吸ってぼうっと乳白色に光って見えた。

そしてそのぬかるみに、点々と、二筋の足跡が続いている。

一つは男性用のサンダルで付けられた大きめの足跡、もう一つは女性用のそれによるものと思われた。

「足跡？」

と、時雨。長い髪を手で押さえながら、身をのりだして地面を見下ろしている。

「ああ。たぶん男っぽい方は例の蝉ハカセのじゃないかな。で、もう一つは秋絵たちのお母さんの葉月さんだ。念のために、よけいな跡をつけたくないんだ。だからここで待っていてほしい。

それとみんな、よく確認してくれよ。足跡は、確かにこの二つしかない。いいな？」

「え、ええ……間違いないわ」

と、美雪がうなずく。

ハジメは、よし、とだけ言って、残っている二種類の足跡を避けるように遠回りしながら、離れに向かって歩きだした。

5

扉の外からうかがう限り、離れの中はシンと静まり返っているように思えた。少なくとも歩き回ったりしている人間の気配は感じられない。ハジメは少しほっとして、離れの扉をそっと開けた。

中は、電灯が煌々《こうこう》と灯っていた。

狭い土間に、大小二足のサンダルがきちんと並んで脱いである。傘立ての壺には青いチェックの傘が差してあった。

ハジメは、サンダルを脱いで上がり込みながら、さっと内部を見渡した。

戸口から見渡せる狭い室内の様子は、昼間見たのと大きな違いはなかった。やはり壁には一杯に蟬やその脱け殻の標本が飾られている。

だが、デスクが置かれているのと反対方向に目を移した時、その印象は一変した。ベッドの脇に葉月夫人が倒れていて、彼女が運んできたらしい夕食のサンドイッチが床にぶちまけられている。

そしてその奥のベッドの上。

一目見た時は、それが何なのか、ハジメにもわからなかった。

わきあがる悪い予感に、心臓がどくんどくんと脈動する。

荒く乱れる呼吸を無理やり落ちつかせながら、一歩二歩と近づくと、しだいにその正体が判明しだす。

それは、蟬の脱け殻……。

〝空蟬〟だった。

それも何百、いや何千という数の。

夥《おびただ》しい飴色の脱け殻が、ベッドの上に盛られているのだ。

しかも、ただ脱け殻が盛られているだけではない。

脱け殻に埋まっているものがある。

それが人間の体であることは、空蟬の間からわずかに覗いている衣服ですぐにわかった。よく見ると、ベッドの枕に当たる部分だけは脱け殻が払いのけられていて、人間の顔らしきものが露出していた。

ハジメは、倒れている葉月夫人の顔に耳を近づけ、気を失っているだけらしいことを確かめると、彼女をそっとのりこえて、無数の脱け殻を布団代わりにしている人物の顔を覗き込んだ。

「やっぱり……」

思わず、ハジメは嘆いていた。

その男の顔は、すでに血の気を失っていた。

名探偵だった祖父から引き継いだ因果か、これまで幾多の殺人現場に居合わせてきたハジメには、それが死体であることがすぐにわかった。

葬送の献花の代わりに、奇怪にも無数の空蟬を身にまとって息絶えていたのは、あの自称昆虫学者、武藤恭一に他ならなかった。

6

その夜のうちに、朝木の屋敷は赤いサイレンに囲まれていた。

県警からやってきた三十代後半と思われるこわもての刑事が、現場でなにやら作業を進める鑑識や制服警官たちに、大声で指示を与えている。

ハジメはそれを母屋の戸口から眺めていた。

捜査員たちのやることは、だいたいお決まりの手順だった。

現場の指紋採取。

死体の検分。

そして、足跡の型取りだ。

殺害現場となった離れの窓は、すべて内側から鍵が掛けられていた。したがって殺害犯人は侵入はともかく逃走に関しては必ず、鍵の掛かっていなかった戸口を利用したはずなのだ。

しかし、である。

戸口の周りは夕刻の雨でぬかるんでいた。当然、歩けば足跡が残る。

なのに、ぬかるみの上には数人が見ている前で離れに向かったハジメの足跡を除くと、被害者が離れに向かう足跡と、第一発見者であるらしい朝木葉月夫人の足跡しか残されていなかったのである。

どうやらこの足跡が、捜査の決め手になりそうだということは、県警のこわもて刑事もすでに念頭に置いているらしく、石膏《せっこう》のようなものを使って型取りをしている鑑識課員の作業を、緊張した面持ちで見守っていた。

離れの土間に残っていたサンダルは、ハジメが履いていったものも含めてすぐに警察が押収した。それだけでなく彼らは、母屋の裏口にあったサンダルや玄関にあるものまで、すべて集めて持っていった。

そして無数の写真を撮り終え、ハジメや美雪を含め朝木家にいた者たち全員から簡単な事情聴取を済ませる頃には、もう深夜の十二時を回ろうとしていた。

警察の捜査が進められている間、関係者は全員居間に集められていた。

居間の二つの出入り口には制服警官が各二人ずつ、両手を後ろで組み直立不動でハジメたちの行動に目を光らせている。

誰かが手洗い所に用を足しに行くにも、彼らのうちの一人が必ず付き添う厳重さに、秋絵の叔母の春子が露骨に嫌な顔をして、

「人権侵害だわ」

と、聞こえよがしに吐き捨てた。

やがて県警から来た例のこわもて刑事が部下らしき若い刑事を二人引き連れてハジメたちの前に姿を現し、軽く頭をさげてハジメたちの受けたであろう様々な非礼をわびつつ簡単に自己紹介をした。

赤井《あかい》と名乗った刑事は、現場の状況と捜査の進捗状況を簡単に説明していった。

赤井刑事の話によれば、武藤恭一の死亡推定時刻は検屍《けんし》報告では午後四時半から五時半までの一時間の間と推定されたらしい。ハジメが死体を発見したのが、午後七時十分。あの時点で事件発生から、少なくとも一時間半は経過していたことになる。

「ただし死亡推定時刻は検屍によるもので、現場の状況からはもっと正確な犯行時刻が割り出されています」

と、赤井刑事。

「あの――……」

ハジメが右手をオズオズとあげて口をはさむ。

刑事は小さく舌打ちして、

「なにか？」

と、ハジメは、ハジメにその鋭い三白眼を向けた。

ハジメは、刑事を見上げて、

「鑑識の人、足跡調べてましたよね。どういう結果が出たか教えてくれませんか」

ときいた。

刑事は戸惑いをみせたが、すぐに軽く咳払いをして言う。

「そういうことは、警察にまかせていただけば結構」

ハジメは諦めない。

「でも、おれたちだって警察に協力して知ってること全部話したんだから、警察が調べたことだって教えてくれたっていいじゃないですか。なんかの役にたてるかもしれないし。ね？」

たちまち刑事の眉がつり上がる。

「役にたつだと？　きみは、何様のつもりだ。さっきの事情聴取の時からいちいち余計な質問ばかり……。そうやって素人が口をだすと、捜査が混乱するだけでろくなことはないんだ」

赤井刑事の言い方が癇《かん》に障ったのか、時雨が座布団から腰を浮かせて、

「そういう言い方はないと思います」

と、食ってかかった。時雨はりんとした張りのある声で、

「――この家で起こったことなのに、その家の住人であるあたしたちが何も知らされないなんておかしいわ。そもそも、どっちかといえば被害者の立場なはずのあたしたちが、なんでこんな夜中までかかって尋問されなくちゃならないんですか」

とても中学三年の少女とは思えない、大人びた言い方だった。

赤井刑事は、目を丸くして時雨を見ていたが、すぐに気を取り直して言った。

「それは、われわれ警察には警察なりの事情といいますか、どうしてもあなたがたにお話をうかがわなくてはならない理由がありましてな、お嬢さん」

「理由って、なんですか。はっきり言ってください」

食い下がる時雨を制して、ハジメが口をはさんだ。

「それはつまり、今ここにいる人間の中に犯人がいると警察は考えてるってことさ、時雨ちゃん」

「犯人が、あたしたちの中に？」

今度は秋絵が身をのりだした。

「ああ。そうさ」

口をへの字に結んでいる赤井刑事を見ながら、ハジメはその根拠を話しはじめた。

「——この屋敷は高い塀に囲まれているうえに門の扉には厳重な鍵が常にかけられていて、外からの侵入者が犯行をおこなった可能性はきわめて低い。そうなると犯人は、門の鍵を持ち歩いている人間か、そうでなければ屋敷の中にずっといた人間に限られる。そういうことですよね？」

刑事は憮然《ぶぜん》として答えない。

ハジメは勝手に続ける。

「——ついでに今、刑事さんが言った『現場の状況からはもっと正確な犯行時刻がわかる』って話ですけど、それってあの足跡のことでしょう？　母屋の裏口から殺害現場の離れに向かってついてた、被害者の武藤さんのものらしき足跡。そうですよね？」

刑事はまだ黙っている。

ハジメはさらに、

「――あの母屋と離れの間の地面は、乾いている時はカチカチで足跡なんかほとんど残らない。仮に少し残っても、夕方の雨で流されて消えてしまう程度だ。

つまり現場に残ってた足跡は、雨が降ったあとで〝誰か〟が歩いた証拠だ。そして、おれたちが現場に駆けつけた時、あのぬかるみには離れに向かう男物のサンダルの跡と、離れで気を失ってた葉月さんのサンダルの跡しか残ってなかった。

となると普通に考えれば、この男物のサンダルの跡は被害者の武藤さんのものってことになる。現場に向かう被害者の足跡が残ってたわけだから、少なくとも雨が降って足跡が残るようになった夕方の……確か五時十分か十五分くらいだったと思うけど……その時間までは彼は生きていたと考えられる。

てことは、雨が降りだす直前からずっと美雪と行動を共にしていたそちらの春子さんには、アリバイが成立するわけだ」

ハジメの視線をうけて、春子はそうだそうだと言わんばかりにうなずいて、

「カレの言う通りよ！　あたしじゃないわ！」

と、声を張り上げた。

ハジメはさらに、

「それと、雨がやむ前には美雪たちと合流した秋絵も、この家から待ち合わせ場所の

神社までは走っても十分はかかることを考えれば、犯行はかなり難しい。

なにしろ雨が降ってたのはだいたい十分くらいの間だったんだ。降りだして地面がぬかるみになるまでに二、三分かかるとして、そのあとすぐに武藤さんが離れに行ったにしても、秋絵が彼を殺害して、そのままあの動きづらい浴衣を着た状態で神社まで七、八分で戻るのは不可能に近いだろう。

いや、そもそも犯人は、どうやって犯行の後あの離れから足跡をつけずに……」

「もういい！」

赤井刑事が、強い口調でハジメを遮った。

「――探偵ごっこはもう結構だ。きみが今言ったようなことは、われわれもとっくに理解しとるんだよ。

だいたいアリバイもくそもないんだ、この事件は。もっと単純に解決できる事件なんだよ、きみのような素人探偵にはわからんかもしれんがね！」

それを聞いてハジメは、わざと大げさに首をひねって、

「そうですかぁ？　おれにはそんなに単純な事件にも思えないけどなぁ。葬式の時に遺体をくるむ花みたいに武藤さんの死体を覆っていた蝉の脱け殻といい、単純どころかこの事件は、えらく頭のいい犯人が罪を逃れるために巧妙に作り上げた……」

「きみの講釈はもう聞きたくない。犯人は一人しかおらんのだ。わかりきっとる！」

赤井刑事は、そう言ってから少ししまったという表情を見せた。

さも話を変えるような素振りで咳払いをして、それからゆっくりと葉月夫人に目をやる。

「——奥さん。あなたは被害者の武藤さんに夕食を運ぶために、離れに行かれたというお話でしたな」

「え、ええ……武藤さんが、論文の締め切りが近いからとおっしゃって、今日は一人で離れに籠もられたので……」

葉月夫人は、そう言って薄緑色の艶やかな着物の襟をただした。

「なるほど。しかし、春子さんのお話では、普段は武藤さんもみなさんとご一緒に食事をされていたようですね。なぜまた、今夜に限って離れで？」

と、赤井刑事。

「それは、今もうしあげたとおり、論文の締め切りが……」

「ですが、雨も降ったあとだし、離れと母屋の裏口の間はぬかるみで食事を運んでいくには少々やっかいだ。武藤さんが食堂にこられたほうが合理的ですよ」

「それはそうかも知れませんが……」

言葉を詰まらせた葉月夫人に、さらに赤井は追い打ちをかける。

「あなたは今、武藤さんは離れに籠もっていたとおっしゃったが、雨の降ったあとのぬかるみに母屋の裏口から離れに向かう彼の足跡があったところからみて、少なくとも夕方の五時過ぎまでは、武藤さんは母屋の方にいたことになる。で、奥さん、あなたは今日の五時ごろ、殺害される直前の武藤さんとは会われましたか？」

「いいえ、最後にお会いしたのは、まだ四時前だったと思います。そちらの金田一さんを、離れの武藤さんの仕事場にご案内した時ですから……」

「ええ、間違いないですよ。おれ、たしかに一緒でした。三時半ごろだったかなあ」

と、ハジメ。

赤井刑事は、ハジメを無視して葉月夫人から視線をそらさずに、

「なるほど。最後に会ったのは、四時前……ですか。ではその四時前から離れに食事を持って行かれるまでの間は、どこで何をなさっていたのですかな？」

「は、はい……確か五時前までは自分の部屋で本を読んでおりました。それからお台所で夕食の準備を始めまして、そのまま七時少し前までずっと……」

緊張からか、落ちつきなく瞼《まぶた》を瞬《しばたた》かせる葉月夫人に、赤井は一歩近づいて言った。

「ほほう……そうですか。実は、こうして奥さんにばかり根掘り葉掘りうかがうのには、理由がありましてな。そちらの素人探偵くんはさすがに気づいておられたようだが、ようするに問題は足跡なんですよ」

「足跡……ですか？」

と、葉月夫人。

「そう、足跡です。殺された武藤さんが離れに向かう時についた足跡が、しっかり残っていたにも拘わらず、彼を殺して逃げたはずの犯人の足跡らしきものが全く見当たらなかったんですよ。第一発見者である奥さん、あなたの足跡以外にはね！」

赤井は、語尾を強めた。

その場にいた全員が、彼のいいたいことを理解したのだろう。一瞬、空気が張り詰める。

赤井は、続けた。

「もちろん我々も、窓など他の出口から脱出した可能性を考えて、徹底的に調査しました。しかし、残念ながらそういう痕跡はありませんでしたよ。窓は全て、内側から鍵がかかっていたし、だいいち窓の外もぬかるみだ、歩けば跡が残るはずです。そういうものはありませんでした。おわかりですか？」

葉月夫人は、何も答えない。ただ、黙ってその細い顎をわずかに震わせている。

「さて、ではもう一つうかがってよろしいですかな、奥さん？」

赤井刑事が言った。しかし、葉月は答えない。赤井は構わずに尋ねる。

「――あなたと被害者の武藤恭一さんのご関係は？」

普通ならばこのように家族の者が集まっている場で口にするのは、明らかにルール違反の質問だった。

それでも敢えて、ききにくいことをきいた赤井の意図は、おそらくは家族の反応をみたかったのだろう。

葉月夫人は、二人の娘の表情に明らかに表れた不快感を読み取ったのか、小さくため息をついて言った。

「そのお話は、ここでは……。どうか、場所を変えていただけないでしょうか」

「いいでしょう。では、近くの署までご同行願います」

思うつぼという表情で赤井は、控えていた部下の刑事二人に目配せをした。

「……さ、奥さんどうぞ」

若い刑事の一人が葉月夫人を促した。

それに応えて彼女は、伏し目がちに和服の裾を整えながら座布団から腰をあげようとする。

「ちょ、ちょっと待ってください、刑事さん！」

ハジメは、慌てて跳ねるように立ちあがり、

「──その前に、一つだけ聞かせてくださいよ！　一つだけでいいですから！」

しつこく食い下がるハジメに、赤井は呆れたように口もとを歪《ゆが》めて、

「なんなんだね、きみは。あんまり邪魔をすると、こっちにも考えがあるぞ」

苛立ちをあらわにした赤井に、今度は美雪が食い下がる。

「刑事さん、お願いします！　ちょっとでいいから、はじめちゃんの話を聞いてあげてください。はじめちゃんは、普通の高校生じゃないんです。名探偵金田一耕助の孫で、これまでにもいろんな殺人事件とか、警察でもわからない謎とかいっぱい解決して、警視庁の警部さんとかにも認められてる人なんです。だから……」

「わかりました、聞きましょう」

こわもて刑事も、女の子の〝お願い〟には弱いらしい。ハジメを見下ろし、

「──金田一君といったね。なにが聞きたいんだ？　望みどおり、一つだけ質問に答えようじゃないか。さあ……」

と、腕組みをしてみせた。

ハジメは、赤井刑事に近づいて尋ねた。

「離れに向かってついていた武藤さんのものと思われる足跡は、離れに残っていたサンダルと一致しましたか？」

赤井は、我が意を得たりとばかりに笑みを浮かべて、

「やはりそうきたかね。ま、そんなところだと思ったよ。いや実際、きみの目の付けどころは悪くない。名探偵の孫という話だが、まんざら嘘でもないのかも知れないな。

きみが言いたいのはこういうことだろう？

犯人も被害者も、実は雨が降る前から離れにいた。そして被害者を殺害した犯人は、雨が降り始めたのに気づいて、被害者があたかも雨が降っていた時刻にはまだ生きていたかのように見せかけるために、自分のサンダルを履いて後ろ向きに歩きながら、一見して被害者のもののようにみえる足跡を残して、殺害現場から逃げ去った
——どうかね、そう言いたいんじゃないかな？　金田一君」

ハジメは、黙っている。

赤井は構わずに答えを言った。

「——残念ながらその推理は不正解だ。例の足跡は、離れに残っていたサンダルと、

まさしく一致したよ。どうかな、これで満足だろう、素人探偵君」

「ええ、一応は。じゃあ、もう一つだけ教えてください」

「質問は一つだけという約束だったはずだが？」

「イエスかノーか、答えるだけでいいです。刑事さんは今、『雨が降っている時刻にはまだ被害者が生きていたかのように見せかけるために』って言いましたよね。

ということは、つまり被害者のものと思われている大きめのサンダルの足跡には、それがつけられた時点でまだ雨が降っていた証拠、つまり多少なりとも雨で流れた形跡があったってことだ。

そこできたいのは、葉月さんの足跡はどうだったかってことです。葉月さんの足跡は、雨が降っている最中につけられたものでしたか？」

意表を突かれたのか、赤井は目を丸くした。自分の口にした言葉のほんの些細《ささい》な言い回しを捉えて、あっさり事実を看破したハジメに驚いたらしい。

が、すぐに気を取り直し、ハジメに向かってキッパリとした口調で言った。

「ノーだ。雨がやんだあとの足跡だった。流されたあとはなかったよ」

その言葉を最後に、あとは何をきかれても答えないぞという頑《かたく》なな様子で口を一文字に結んだまま、赤井刑事は葉月夫人を伴って居間を出ていこうとした。

その時だった。

「お母さん！」

それまで黙り込んでいた時雨が、いきなり大声をあげて立ちあがった。

せき止めていた水がどっと流れるように、時雨は髪を振り乱して母に駆け寄ろうとする。

だが、非情にたちふさがる刑事たちに押し止められて近づくことができない。

「お母さん！　お母さん！」

時雨は何度も叫びながら、それでも刑事たちを押し退けようとする。

「……お母さん！」

「時雨……」

顔を伏していた葉月夫人が振り返る。

そして、瞳を涙で潤ませながら言った。

「――大丈夫よ、お母さんは。すぐに戻ってきますから。時雨のほうこそ、体に気を付けるのよ。ちゃんとお薬を飲むのも忘れないで……」

「お母さん……」

時雨の切れ長の目に、みるみる涙が溢《あふ》れた。唇を震わせて畳の上にうずくまる。

「時雨ちゃん……」

ハジメは、思わずその細い肩に手を置いた。骨ばった肩は、ひんやりと冷たかった。

こわもての赤井刑事も、さすがに同情の色をみせたが、小さくため息を漏らしてそれを振り切り、

「いくぞ」

とだけ言って、部下たちを促して立ち去った。

7

事件発生現場の離れとその周囲には、翌朝からの捜査に備えて数人の制服警官が寝ずの番をすることになった。

刑事たちが出ていってからも、ハジメたちはしばらく居間を動けずにいた。

警察に連れていかれた葉月夫人の代わりに秋絵が全員のお茶を淹《い》れなおしたが、誰一人として口をつけることもできないまま、湯飲みからは湯気が立たなくなってしまった。

疲れ切った様子でそれぞれが部屋に戻ったのは、深夜の一時を過ぎるころだった。

美雪は、秋絵が用意してくれた寝具の浴衣に着替えるとすぐにハジメの部屋に現れた。

そして、着替えもせず布団も敷かずに、壁にもたれて考え事をしているハジメの正面に座り込んだ。

「ねえ、はじめちゃん、ホントなの？　ホントに秋絵ちゃんたちのお母さんが……葉月さんがあの武藤さんって人を殺したの？」

「さあな、まだはっきりはいえねーよ。ただ、おれは違うんじゃないかと思ってる」

と、ハジメ。

「そうよね、絶対そうよね、だって葉月おばさまには、動機がないもの。おばさまが好意で離れに住まわせてあげてたんでしょ、あの武藤さんって人を。だったら……」

「いや、動機はあるかも知れないんだ。考えようによっちゃ、ね」

ハジメは、昼間美雪たちの着替えを待っている間に起きたことを、かい摘んで話した。

「うそ……あの奇麗なおばさまが、そんなこと……確かに武藤って人、ちらっと見ただけだけど格好いいなって……でも、そんな……」

啞然としている美雪に、ハジメは、

「あの二人が愛人ってゆーか、まあ、葉月さんは未亡人なわけだから恋人って言ってもいいんだろうけど、そういう関係だとしたら、痴話喧嘩のはずみでガツンってこともあり得るだろ」

「そ、それはそうだけど……。でも、じゃあなんではじめちゃんは、葉月さんが犯人じゃないって思うの？」

「そうだな、一番の理由は死亡推定時刻かな」

「え？」

首を傾げる美雪に、ハジメは言った。

「武藤さんの死亡推定時刻は、検屍によると午後の四時半から五時半までの一時間ってことだったろ。だったらおれたちが葉月さんの悲鳴を聞いて駆けつけた午後七時十分ごろまでの少なくとも一時間半以上を、彼女はずっとあの離れで自分が殺した死体を前にして過ごしたことになる。妙だと思わないか？」

「なんで？　一度母屋に戻ってそれからまた食事を持っていったってことも……」

「それなら足跡が残るはずだ」

「あ、そうか。葉月さんの足跡も、行きの分しかなかったんだもんね。そう考えると確かに不自然だわ」

「な、変だろ。一時間半以上もあったのに、罪を逃れるための偽装工作一つしてないんだぜ。そこら辺のサンダルをつかってめちゃくちゃに足跡をつけてから、さっさと現場を抜け出して、うっかり門の鍵をかけ忘れて近所に買い物にでかけたってことにでもしときゃあ、こんな最悪の疑われかたはしなかったはずなんだ」

「ほんとよね、四時半から五時半ならまだ外も明るかっただろうし、母屋に行く時に足跡が一つだけ残ってることにも気づいてたはずよ」

「まあ、仮にそこまで頭がまわらなくて、離れでオロオロしてるうちにおれたちが帰ってきた気配がしたもんだから、とっさに悲鳴をあげて気を失ったふりをして第一発見者を装った、というような、たぶん警察が考えてるような状況だったとしよう。でも、だったらあの空蟬はなんなんだ？」

「うつせみ？」

「蟬の脱け殻のことさ。そういうんだって。お前は見てないと思うけど、死体にその空蟬が大量に盛りつけてあってさ。なんつーか、葬式の時、棺桶《かんおけ》に入れる花みたいに」

「献花みたいに脱け殻が？」

「ああ」

ハジメはその時の光景を思い出して、小さく身震いをした。

「――あの武藤って昆虫学者、ガキの頃から蟬オタクで、ずっと蟬の脱け殻集めてたんだと。花が好きだった人を花で葬るってのは、なんとなくキレイな気がするし、納得もできるんだけど、蟬の脱け殻だもんなぁ。

脱け殻とは言っても、形は昆虫そのものだから、まるで何千って数の虫に死体が食われてるみたいでさ、そりゃもう不気味だったよ。ほとんどホラー映画の世界」

「やだ、もう……。やめてよ」

と、美雪は眉をしかめた。

「――でも、それってますます変よね。一時間半もあったのに、やったことっていえば死体に蟬の脱け殻を盛ることだけだなんて……やっぱり、おばさまは犯人じゃないんだわ」

「と、まあ、おれも事情聴取の時に主張したわけよ。ところがあの赤井って刑事、頭のかたさは剣持《けんもち》のオッサン以上でさ」

「あら、剣持警部はそんなに頭かたくないじゃない。高校生のはじめちゃんの推理、真面目にきくわけだし」

「今はね。最初に会った時のこと忘れたの、お前。ほら、『オペラ座館』で起きた殺人事件で初めて会った時なんか、おれの言うことロクに聞いてなくて……」

剣持警部というのは、警視庁捜査一課の刑事である。ハジメの知恵を借りて『オペラ座館』の事件を解決して以来、ハジメとは世代を越えた友人関係にある。

「あれは、はじめちゃんがあんまり無礼で生意気だったからじゃない。……あ、わかったわ」

「なにが？」

「さっきの赤井って刑事さん、はじめちゃんが何か言うとすぐにカリカリしてたじゃない。事情聴取の時、はじめちゃん、またなにか失礼なこと言いまくったんじゃない？　だめよ、そういうの。相手は大人なんだから、もう少し向こうの立場も考えてあげるように……」

「へいへい。お前の大人受けのよさを、少しは勉強させてもらいます」

「ほら、その皮肉っぽい言い方」

眉をひそめる美雪に、ハジメは話題を無理やり元に戻して、

「そんなことより、事件事件。このままほっといたら、葉月夫人が犯人にされちまう。ま、本人も今頃は必死で無実を主張してると思うけど、なにぶん足跡が彼女の分

しかなかったとなるとなあ。不利もいいとこだよ。

まったく、葉月夫人が運んだ食事がサンドイッチじゃなくてみそ汁かなにかだったら、温かさで時間がたってたかどうかわかったのになあ。そうすりゃ、彼女が一時間半も前の死亡推定時刻には離れに行ってなかったことの証明になるんだけど」

「そうね……。あ、でも待って。ひょっとしたら……」

と、美雪が手を叩いた。

「なんだよ、なんかわかったのか？」

「ほら、武藤さんのものらしき足跡と現場に残ってたサンダルがぴったり一致したって、さっきの刑事さん言ってたけど、同じメーカーの同じタイプのサンダルを履いて、後ろ向きに逃げたってこともあり得るんじゃない？」

「それはないぜ。現場に残ってたサンダルは、おれもチェックしたけどえらく使い込んだ古めかしいものだったんだ。何かで読んだんだけど、靴にしてもサンダルにしても、減り方の癖とかって千差万別で、足跡にはその違いが出るんだって。

いくら雨で少し流されてたっていっても、あれだけ警察がはっきり言うんだから、同じものだって確信があるんじゃないかな。

まあ、ずっと前に作られた同じメーカーの同じサンダルでしかも同じくらい使い込んで裏が減ってるやつを探してこれるっていうなら、話は別だろうけど。現実には不可能だろうな、それは」

「そっかー……」

美雪はがっかりしたように、肩を落とした。

ハジメは、さらに続ける。

「そもそも、この事件はそんな計画的な犯行じゃないと思うんだ。もっとずっと前から計画してた殺人なら、離れにあった灰皿なんかを凶器に使うことはないだろう」

「それじゃあ……」

「犯人はおそらく、激情に駆られてとっさにその場にあったガラスの灰皿で武藤さんを殺害した。それから自分に必然的に疑いがかかる状況だということに気がついて、それを逸らすために何らかのトリックを用いて足跡を残さずにあの離れを脱出したんだ」

「トリック……」

「ああ。とっさに思いついたにしちゃあ、なかなかに盲点をついたトリックなんだろうよ。うまく容疑を逃れて、しかも葉月夫人に罪を着せることのできる狡猾なトリックさ」

ハジメの言葉に、美雪は驚いて、

「葉月さんに罪を着せる？　じゃあ、はじめちゃんは犯人が、最初からおばさまに疑いがかかるように仕組んだっていうの？　どうやってそんな……」

「覚えてないか、美雪。おれが離れにいて、お前と秋絵が捜しにきて……ほら、別れ際に葉月さんが武藤さんに言ってたじゃないか。『夕食をあとで、離れにお持ちします』とかって」

「あ、そういえば……」

「な？　犯人はあれを聞いてたんだ。だから思ったのさ。武藤さんの足跡だけしか残っていないような状況をうまく作り出すことができれば、あとから何も知らずに自分の足跡を残しながら離れに夕食を運んでくる葉月さんに、疑いを向けることができるはずだってね」

「じ、じゃあ、まさか……」

「ああ。容疑者はあの時、あの場にいて葉月さんの言葉を聞くことのできた人間に絞られるってことになる。つまり真犯人は葉月さんを除く朝木家の女三人、朝木春子、朝木時雨、そして秋絵のうちの誰かなんだ」

「……誰なの、いったい？」

人物関係図

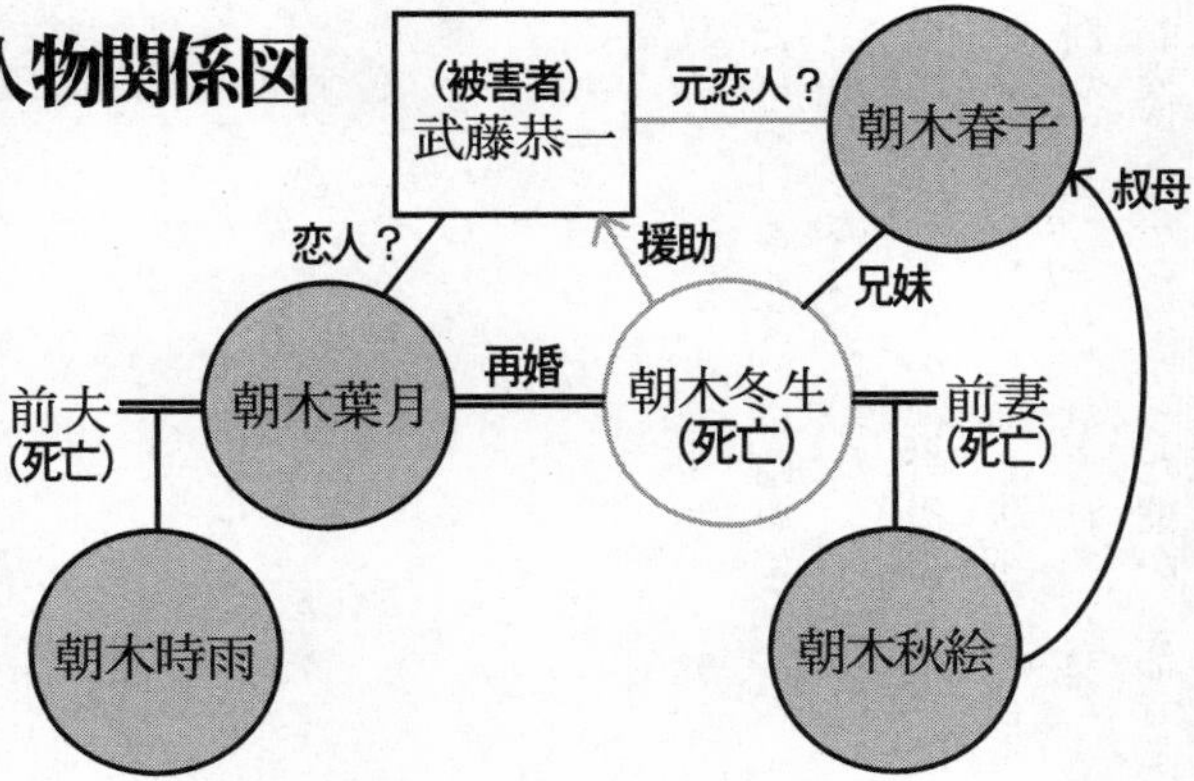

（被害者）
武藤恭一
元恋人？
朝木春子
叔母
恋人？
援助
兄妹
再婚
前夫
（死亡）
朝木葉月
朝木冬生
（死亡）
前妻
（死亡）
朝木時雨
朝木秋絵

複雑な思いをこめて、美雪がハジメに問い掛ける。

ハジメは、表情を変えずに言った。

「わからない。まだなにも言えないよ。でもな、美雪。このままじゃおかないぜ。無実の人間に罪を被せるようなやり方は、一番気に食わないんだ。〝空蝉〟に覆われた死体の謎、消えた犯人の足跡の謎、そして犯人の正体……。この三つの謎は必ずおれが暴いてみせるよ！」

そう言って、ハジメは拳を握りしめた。

8

翌朝ハジメは、朝食をたいらげるとすぐに離れに向かった。まだ地面に残っているはずの、足跡の様子を確かめるためだった。

乾いてだいぶ硬くなった地面に、警察の捜査員たちの足跡がいくつか残っている。

そしてそれ以外に、ハジメが往復する足跡と失神から目を覚ました葉月夫人の復路の足跡を含めて五筋の足跡が、くっきりと刻まれていた。

朝の陽光に照らされ、昨夜は分からなかった細かい部分までがよく判別できる。

立ち番をしている警官の視線を牽制《けんせい》しながら、素知らぬ顔で足跡に近づいて観察してみた。

なるほど赤井刑事が言ったとおり、被害者の武藤のものと思われる大きめのサンダルの跡は、一応その形状は判別できるものの雨を浴びて流されたらしき様子もうかがえた。それに対して葉月夫人の行きの足跡には、まったく乱れがない。

雨が降ったのはほんの十分か十五分だったはずだ。雨が乾いた地面にしみ込んで土がぬかるむのにどれくらいの時間がかかるのだろう、などと考えているうちに、背後から声がかかった。

「なんだ、またきみか」

振り返ると、赤井刑事だった。

まだ午前九時にもならないのに、捜査の続きをしに現れたらしい。昨夜は葉月夫人の尋問でろくに寝ていないらしく、目が真っ赤に充血している。

「まだなにか言いたいことでもあるのかね、金田一君」

ごつごつした岩のような顎をしゃくって、赤井が言った。

「言いたいことはたくさんありますよ、赤井刑事。聞いてくれるならいつでも話しますけど」

と、ハジメ。

赤井は眉をしかめて、

「そういえば今朝、警視庁の剣持警部という方から電話を受けてね。どうもきみのことをえらく買ってるらしく、できるだけ協力してやってくれと頼まれたんだ。どういうつもりなんだね、きみは」

ハジメは、心の中でほくそ笑んだ。

朝起きて一番に、剣持警部の自宅に電話を入れた効果が早くも現れたらしい。

剣持の話では警察は縦割りの組織で警視庁の威光は必ずしも地方警察には通用しないらしいが、それでも警視庁捜査一課警部といえば警察世界のスターである。

これでさしもの赤井も、ハジメを昨夜のように露骨に邪魔者扱いはできなくなるに違いない。

「どういうつもりって、死体の第〝二〟発見者として、おれもできるだけの協力はしたいと思ってるだけですよ」

と、とぼけながらも、軽いジャブを入れてみる。

「――ところで、葉月夫人の事情聴取はどうでした？　なにか成果、ありましたか？」

赤井はへの字に結んでいた口を開いて、

「成果どころか、署に連れていった途端、なにひとつ口を開かなくなりおった。やっこさん、黙秘を決め込むつもりらしい」

「黙秘？」

意外だった。ハジメは、葉月夫人は犯人の罠《わな》にはまったのだと考えている。当然、疑いをかけられるのは心外なはず。

だったら、なぜ黙秘などというまねをするのか。黙秘というのは、うっかり口を開けばボロが出てしまう人間のすることだ。やましい部分のある者がとる、逃げの戦法だ。

無実ならば、まずはなにがあっても自分が犯人でないことを主張するはず。

赤井刑事も同様の考えらしく、半分は困った顔をみせながらも内心は、犯人が葉月夫人であるという自分の推定にますます確信をもった様子で、

「まったく、黙れば黙るほど、言い訳がきかなくなるのがわからんのかね、あの女は」

などと、決めつけ口調で吐き捨てた。

「赤井刑事」

「ん？　なんだ」

「離れの中、見せてもらえませんか」

「現場を？　きみのことだからどうせ昨日、警察が来る前にさんざん見て回ったんだろう？」

「もう一度見たいんだ。お願いします！」

深々と頭をさげたハジメの謙虚さに、少し拍子ぬけしたのか、赤井は、

「ま、いいだろう」

と、あっさり許可をだした。

9

離れの中は、サンダルが警察に押収され、死体が運び去られたこと以外は、昨夜と大きな変化は見られなかった。

武藤の死体が寝かされていたベッドの上には、端によけられてはいるものの相変わらず夥しい数の空蟬が散らばっている。

部屋のあちこちに数字が記された白いプラスチックの板が置かれているが、それぞ

れの意味はハジメには見当が付かない。

ハジメは、土間にスニーカーを脱ぎ捨てて室内にあがりこんだ。

「あの薄汚い蟬の脱け殻は、そこのプラスチックのばかでかい瓶に入れられてたもんらしいな。なんでまた、そんなもんを死体の上にかけたりしたんだろうな、犯人は。それだけが、どうにもわけがわからん。献花の代わりだとでもいいたかったのかな？」

赤井刑事も、その点だけは気になっていたようである。皮肉まじりなのか、茶化すような口調で、

「——どうだね、素人探偵君。きみの推理とやらを聞かせてくれよ。ん？　犯人はなぜ、あんなばかげたことをしたんだ？」

「これはおれの直感で、根拠はまだなにもないんですけど」

ハジメは、赤井を見ずに答えた。

「——たぶんこの不可解な犯人の行動こそが、足跡を残さずに現場から立ち去るために犯人が仕組んだトリックの答えにつながってるんだと思う。それがわかれば、きっと真犯人も見えてきますよ、赤井さん」

「おいおい、本気でトリックなんかあると思ってるのか、きみは」

「ええ。もちろん。犯人は殺人を犯したあと、とっさの思いつきでなにか仕掛けを施したんだ。そんな凝った手口であるはずがない。きっとちょっとした盲点をついただけの、いたってシンプルな、わかっちまえば『なんだ』っていうようなトリックだと思う。ただおれたちの側になにか間違った思い込みがあるから、その盲点に気づけないでいるだけなんだ」

「盲点ねえ……まあ、警視庁の警部どのが買ってる少年探偵とやらのお手並み、拝見しようじゃないか」

赤井が言った。

相変わらず皮肉まじりの口調である。

が、ハジメはそんな言葉は耳にも入らないかのように、自分のペースで室内の様子を観察している。

ふと、その視線が土間に置かれた白い大きな壺にとまった。

壺は傘立てらしい。昨夜の死体発見時と同じく、ブルーのチェックの傘が差し込まれている。

「確かこれって、昨日この屋敷に着いた時に、玄関の傘立てに差してあった傘だよな……。赤井さん、この傘、殺された武藤さんのですか」

ハジメがきくと、赤井は、

「ああ、そうだよ。東京から持ってきた、彼の持ち物だそうだ」

と言って、ひょいと傘を抜いてみせた。長くとがった先端部分のメッキはきれいな銀色で錆《さび》も浮いていない。まだ新品同様らしい。

ハジメは、髪をいじりながら、

「昨日武藤さんと一緒に、最初にこの離れに来た時にはこんな傘はなかった。それはあの時この壺につまずいて倒したんで、よく覚えてる。でも、その後で彼の死体を見つけた時には、確かにこうやって傘が差してあった……ということは……」

「武藤が最後にこの離れに来た時にさしてきたんだろう。その時はひどい雨降りだったそうじゃないか。裏口から六、七メートルの距離とはいえ、当然傘くらいさすさ。

……それがどうした？」

ハジメは、しばらく考えてから、ボソッとつぶやいた。

「そうか……やっぱり武藤さんは……」

「ん？　なにがやっぱりなんだ？」

ハジメは赤井の質問には答えずに、またキョロキョロと室内を見回しはじめる。

やがてハジメは、棚の上に置かれたままになっている大きな空のプラスチック瓶に目をつけた。

　死体の上に盛られた、例の空蟬が収められていた瓶である。

「これ、ちょっと見ていいですか？」

　赤井の返事も待たずに、ハジメは瓶を抱えて床に置いていた。

「おいおい、もう指紋とかは採っちゃいるが、一応は証拠品の一つなんだ、あんまり勝手なことは……」

　と、苦い顔を見せる赤井を尻目に、ハジメは蓋を開けると瓶の中にまで手を突っ込んでかき回す。

「すっからかんだ。空蟬のかけらはおろか、ちりひとつ残ってない。赤井さん、警察はこの瓶から指紋を採っただけのはずですよね？」

「ああ、そうだが？」

　ハジメは、じっと瓶を見つめていたが、ふと、何を思ったか瓶の上に取りつけられた把手をつかんで立ち上がった。

　そして、

「案外軽いんだな」

　などと言いながら、瓶を下げた手をぶらぶらと振ってみせた。

「おい、金田一君。いったいなにをしてるんだ？」

赤井は、ハジメの行動に首をひねるばかりである。

ハジメは、瓶を元の場所に戻すと、今度はさきほど見ていた傘立ての壺を両手で持ち上げようとしだす。

「うっ、重いなこれは……。ということはやっぱり犯人は……」

「何をやってるんだときいてるんだ、おい！」

業を煮やした赤井が、声を荒らげた。

ハジメは、それに答えずに言った。

「どうやらわかりましたよ、犯人が仕掛けたトリックが」

「なに？」

「ついでにそのトリックを実行した犯人も見当がつきました。やっぱりあの蟬の脱け殻がポイントだったんだ。これでどうやら謎だったことが一つにつながった」

「おい、いい加減なことをいうなよ、犯人は朝木葉月に決まってるんだ！」

鼻の穴を膨らませて力説する赤井に向かって、ハジメは言った。

「違いますよ。彼女は犯人じゃない。だいたい、昨日も言ったけど彼女が犯人だったらなんで武藤さんを殺したあと、おれたちが帰ってくるまで一時間半以上もこの離れ

と……」

「そりゃあ、はずみで殺人なんざやらかして、どうしたらいいかわからずにオロオロ

に止《とど》まってたんですか」

「それなら聞くけど、もし葉月夫人が犯人なら、あの床に散ってた夕食のサンドイッチはどういうことなんですか？　武藤さんの死亡推定時刻は遅くても夕方の五時半なんだ。ということは彼女はそんな夕方の中途半端な時間に、離れに夕食を運んでいったことになる。おれたちには夕食は七時過ぎだって言っといて、武藤さんにだけ五時半に夕食を出そうと思ったのは、いったいなぜです？

夕食を持ってきて死体を発見した、という芝居をうつためだっていうなら、これは計画殺人ってことになるけど、それなら『どうしたらいいかわからずにオロオロ』なんてことにはならないはずだ。

こういうふうに、葉月夫人が犯人だと考えると、どうしても心理的に矛盾が出てきちゃうんですよ」

ハジメの強硬な主張に、赤井は憮然として言った。

「そんな屁理屈《へりくつ》よりも、大事なのは証拠なんだよ。現場には足跡という重要な物的証拠が残ってたんだ」

ハジメは、それでも譲らない。

「物的証拠だけじゃなくて、心理的証拠も同じ重さで考えるべきじゃないかな。いや、むしろ心理的証拠のほうがごまかしがきかない分だけ、大事だと思いますよ」

「もういい。わかった。朝木葉月が犯人でないなら、きみの言う真犯人がどうやってこの殺害現場から足跡をつけずに脱出したか、その方法を説明してみせてくれ。そうしたら、納得しようじゃないか！」

赤井の言葉を聞いて、ハジメは待ってましたとばかりに言った。

「だったら、警察に連れていかれた葉月夫人も含めて、関係者全員を居間に集めてください。おれが、この事件の真相を解きあかしてみせますよ」

不敵な笑みを浮かべて宣言する。

「――名探偵と言われた、ジッチャンの名にかけて！」

第三章　真相

1

まるで、一族を集めた法事でも始まるかのような有り様だった。

二十畳以上もある広々とした居間に、数人の警官と私服の刑事、そして事件の関係者たちが上座の床の間に飾られた掛け軸に向かう形で揃っていた。

その中には、ハジメの希望で警察署から連れてこられた朝木葉月もいる。

全員の前に秋絵と時雨の淹れたお茶が配られていたが、誰一人として口をつけるものはいない。

美雪を除いた関係者たちには、これから何が始まるのかすら伝えられていないのだが、その物々しい様子に、この集まりが昨日の恐ろしい出来事の最終章になるのかも知れないということを、誰もが感じ取っているのだろう。

葉月夫人を始め、時雨、秋絵、そして秋絵の叔母の春子の四人の女たちは、それぞれがお互いを強く意識しながらも、決して目を合わそうとしない。

足跡なき犯罪の〝トリック〟と葉月夫人に罪をなすりつけようとした〝犯人〟の正体を看破しているハジメではあったが、実はまだ一つ釈然としない疑問を抱いてもいた。

その答えを、きっとこの中の〝誰か〟が握っているに違いない。

昨日訪れたばかりの部外者であるハジメには想像もできない〝何か〟が、この家にはまだ確かに残っている気がした。

ともかくこの四人の中に、昨日殺人を犯した人間がいるということだけは間違いなかった。

「はじめましょうか」

ハジメは、そう言って立ち上がり、掛け軸の前に出ていった。

そして自分一人に注がれる視線を嫌うように一度うつむいたが、すぐに決意を固めたように全員の顔をさっと見返して言った。

「赤井刑事に無理を言って、みなさんに集まっていただいたのは他でもありません。昨日、この家の離れで起きた殺人事件の犯人を、明らかにするためです」

その場に、緊張がはしる。

「ちょ、ちょっと待ってよ、金田一君」

朝木春子が腰をあげる。

「――犯人は、もう昨日警察が連れてったじゃないの。そこにいる葉月さんなんでしょ。それをなんで、素人のあなたが、わざわざあたしたちをこんなふうに集めてまで……」

「座ったらどうです、春子さん」

冷ややかな声で言ったのは、時雨だった。

「――やましいところがないなら、別にいいじゃないですか。金田一さんのお話をききましょうよ」

「時雨、あんたなんの権利があってあたしに命令を……」

「やめて、叔母様。時雨もよ。それに金田一君も、こんなことをしてもらうために、あなたに来てもらったんじゃないわ。そうでしょう？」

と、秋絵。昨日の疲れが尾を引いているのか、珍しく顔色が悪い。

「そうですわ、金田一さん。私のことなら、どうぞ心配なさらないで」

葉月が言うとハジメは、

「そうはいきませんよ、葉月さん。あなたが何を考えて警察に自己弁護をしないで、黙秘なんてマネをしてるのかはわからないけど、ともかく人がひとり死んでることは間違いないんだ。このまま真相を明らかにしないでおくなんてことは、許されるべきじゃない」

しかし、葉月は、

「私には私なりの考えがあって黙っているんです。どうかお願い。もうこんなことは……」

と、ハジメに訴える。

そのすがるような目を見るうちに、ハジメの中でそれまで漠然としていた疑問が、はっきりと形を成してきた。

そして、答えとまではいかないまでも、うっすらとした〝可能性〟のようなものが、その疑問の奥から姿をのぞかせはじめてさえいた。

だが、〝可能性〟を結論といえるまでに高めていく材料を、今のハジメは持っていない。

その材料を手にするためにも、今はどうしても自分の知っている事件の真相を解きあかす必要があった。

ハジメは、葉月の願いを無言で退けて、推理の口火を切った。

「まず前提条件として言っておきたいのは、この殺人事件の犯人は、葉月夫人ではありません。それは、赤井刑事にはお話ししましたが、いくつかの心理的証拠によって証明されます」

2

ハジメは、ついさきほど赤井刑事に話した内容をよりわかりやすい言い方で解説してみせた。

赤井を除く刑事たちは上司である赤井の顔色をうかがいながらも、小さくうなずいて納得した様子をみせている。

それに気づいた赤井が、腹立たしげに立ち上がり反論した。

「その話はわかった。たしかに考えてみれば、葉月夫人のとった行動は少々不自然かもしれん。しかし、だからといって不自然というだけでは、彼女の足跡だけが殺害現場に向かうぬかるみに残されていたという決定的な物的証拠を覆すことはできないぞ。

というか、そもそも他の人間には犯行は不可能なんだ。現場から逃げた足跡がないんだから。空を飛んだとでもいうのか犯人は。それともなにかロープウェーのような仕掛けでも作ったとでも言いたいのかね。

　そんなことは不可能だぞ。さきほど計ったところでは、母屋と離れの間は正確には七・五メートルあった。この距離をロープで渡るとなると、かなり頑丈な仕掛けが必要になる。それに見合った体力と身軽さもな。

　だいいちロープを取りつけられそうな場所も見当たらないんだぞ。庭木もあのでっかい欅をのぞくと小さいものしか植えられていない。まして裏庭には、ツツジが何本かあるだけだ。仕掛けなんぞ作りようもない」

　ハジメは、赤井に言わせるだけ言わせてから、おもむろに反論した。

「仕掛けなんか作ったはずないですよ。そもそもこの事件は、その場にあった灰皿を凶器に使った突発的犯行なんだ。そんな仕掛けを作ったり、ましてや練習したりしてる暇なんかありっこないんです。もっと簡単に手早くできるトリックですよ、現実に行われたのはね」

　ハジメの思わせぶりに、赤井はとうとう顔を真っ赤にして、

「トリックトリックと、オウムみたいに同じことばかり言ってないで、現実にどういうものなのか説明してもらおうじゃないか！　え、金田一君！」

「じゃあ、みなさん。ちょっと外に出てもらえませんか。裏口から……」

いきり立つ赤井を尻目に、ハジメはさっさと居間を出て、長い廊下の奥の裏口へと向かった。

最初から裏口に靴を置いてあったハジメは、先に石段を下りて待っていた。他の全員もすぐに玄関から持ってきた靴を履いて、つぎつぎと裏庭に降り立った。

皆がそろったのを見計らって、ハジメが言った。

「見てのとおり、今はもうここも土がカチカチに乾いて、ちょっと踏んだくらいじゃ足跡はほとんど残らない。仮に残ったとしても、雨が少し降ったりすれば流されて消える程度だ」

「わかっとる、そんなことは。だが、ここの土は水を吸うとすぐに柔らかくなって足跡がつくようになるんだ。雨が降ったあとで足跡を残さずに歩くなんざ、足のない幽霊かなにかでなくちゃできっこない」

と、赤井刑事。場所が変わったおかげで怒りは収まりつつあるが、憮然とした顔は相変わらずである。

ハジメは、赤井の言葉を受け流して続ける。

「実は犯人はこの土の乾いた状態の時に、犯行をすべて終えて立ち去っているんです。だから犯人の足跡が残っていないのは当然なんだ」

赤井は、不意打ちで殴られたような顔をして、

「ああーっ？　な、なにを言っとるんだ、きみは。だったらそこの、被害者の武藤氏の足跡はどうなる。彼が離れに向かう足跡がはっきりと残っとるじゃないか。雨が降る前のまだ地面が乾いていた時に事件が起きとるなら、その足跡はどこの誰がつけたんだ？」

「もちろん、犯人ですよ。事件が雨が降ったあとに起きたように見せかけるためにね。そして足跡なき殺人を演出して、そのあと夕食を運んでくるはずの葉月夫人に罪を着せるためでもあった」

「ばかな！　まさか犯人が、事件のあともずっとこの離れに隠れてたとでも言うんじゃあるまいな」

「いいえ、ちゃんと歩いて出ていったはずですよ」

赤井は少し考えて、にやりと意地の悪い笑みを浮かべて言った。

「そうか、なるほど。わかったぞ、きみの言いたいことが。『事件が起きたのは雨が降る前で、雨になってから犯人は自分のサンダルを履いて後ろ向きに歩いて立ち去った』――この単純な考えにまだこだわっているんだろう。

残念だが、あのサンダルは五年も前に製造中止になっている古いもので、ちょっと変わった形をしてる。しかも底がだいぶ減っている上に溝にもハッキリした特徴があるんだ。挟まったままになっていた小石まであった。全てが足跡とピッタリ一致している。まぎれもなくあの足跡は、離れに残されていたサンダルによるものだよ」

「もちろんそうですよ。そういう特徴のあるサンダルだからこそ、犯人もこのトリックの小道具に使ったんです。多少雨で足跡が流されたとしても、あのサンダルだったら足跡と一致することを警察が調べてくれるだろう、と考えてね」

赤井は、なにがなんだかわからなくなってきたという表情で、

「どういう意味だ。サンダルがトリックの小道具？　犯人が歩いて出ていった？　だが出ていけば足跡が……」

と、難しいクイズを出された子供のように自問自答を繰り返している。

ハジメは、そんな赤井から時雨に目を移して言った。

「時雨ちゃん、ちょっと持ってきてほしいものがあるんだけど」

「え……」

時雨は名指しを受けて戸惑った顔をしたが、すぐにハジメの方に近づいて言った。

「――なんでしょう、金田一さん」

「ゴムホース、持ってきてくれないか。どこにあるかわかるよね」

時雨はハジメの意図がわからないのか、ちょっと首を傾げてみせたが、すぐに、

「はい」

と返事をして小走りにどこかへ向かった。

3

まもなく、時雨は緑色のゴムホースを持って戻ってきた。

「ありがと」

と言って、時雨の手からホースを受け取ると、ハジメはそれを裏口の脇の洗濯場の蛇口につないだ。

そして、皆が呆然《ぼうぜん》と見守る中で、ハジメは蛇口を開いて水を出し、ジャバジャバと地面にまきながら離れの入り口に向かう。

「さてと、これで準備OK。あとは二、三分もこのまま待てばできあがり」

ハジメは、飄々《ひょうひょう》とした様子で離れと母屋の間を一往復して戻り蛇口を締めた。

すると、他の者たち同様にハジメの不可解な行動に首を傾げるばかりだった美雪

が、いきなり水のまかれた地面を指さして、

「ああーっ！」

と大声をあげた。

「おっと、ようやく美雪ちゃんが気づいたか。な？　気づいてみりゃ、この手品、タネはばかばかしいもんだろ？」

と、ハジメ。

「そうだったんだ！　なんでこんな簡単なことに気づかなかったんだろ！」

盛んに手を叩く美雪に、ハジメが言った。

「だから、盲点なんだよ。じゃあ、美雪助手。離れに足跡をつけながら行って、それから足跡を残さないで帰ってきてくれ」

「はーい！」

美雪は元気に手をあげて、ハジメが水をまいた地面の帯状のスペースを、ゆっくりと歩きだした。

「あ！」

その場にいた数人から、声があがる。

美雪の歩いたあとには、しっかりと足跡が残っている。そして美雪は、離れに到着

するとクルッと踵《きびす》を返し、そのまま乾いた地面の上をすたすたと歩いて母屋の入り口まで戻ってきた。

ハジメは、会心の笑みで言った。

「というわけで、殺害現場に向かう被害者の足跡のいっちょうあがり！　乾いた地面にかすかに残った足跡は、あとから必ず降るはずの雨であとかたもなく消えてしまうだろう——犯人はそう考え、そして実際にその通りになったんだ。

こうして三百年間、一度も村人たちの期待を裏切らずに、あの雷祭の始まりを告げる合図とされてきた夕刻の雷雨は、犯人の期待をも裏切らずに、みごとに〝足跡なき殺人〟を演出してくれたってワケさ」

「な、なんてこった……」

赤井刑事がつぶやいた。

「——こんな簡単なことになんで今まで……」

ハジメは、そんな赤井の肩をポンと叩いて、

「なーに、落ち込むことないですよ。おれだって、最初は気づかなかったんだから。

おれたちがこの足跡を見た時には、降ったばかりの雨でどこもかしこも水浸しだったでしょう。それに、葉月さんの足跡もキチッと残っていたりして。そういう自然な

状況にごまかされてたんだと思う。

雨が降って、地面がぬかるみになって、そして足跡が残った。このごく自然な成り行きに、おれたちはみんなうまく誘導されていたんだ。

おまけに『逆転の発想』ってやつも加わった。普通は現場から逃げ出す犯人は、足跡という物的証拠を残さないようにするもんでしょ。ところがこの犯人は、普通に逃げれば足跡なんか残らない状況なのに、わざわざこうやって水をまいて地面の一部をぬかるみにすることで足跡を残して捜査を攪乱《かくらん》した。そこに、巧妙な心理的トリックが隠されてたんだ。

そのせいで、おれたちはみんな『どうやって足跡を残さないで現場から脱出するか』ばかりを考えてしまい、『どうやって現場に足跡を残すか』なんてことには考えが及ばなかったってわけさ」

「な、なるほど……」

ハジメの鮮やかな論理に、思わず赤井もため息を漏らした。

「──しかし、しかしだな、金田一君。確かにきみの言うとおりにすれば、雨の降っている最中《さいちゅう》に被害者が離れに向かったように見せかけることは可能だろう。だが、あくまでそれも可能だということを証明したにすぎない。

被害者が雨が降る前に離れに行ったということを証明できるのか？」

その赤井の言い方は、さきほどまでの反論とは口調が違っていた。どちらかといえば、ハジメの推理に半ば納得しかけている様子である。ただ、それを後押しする材料が欲しいらしい。

ハジメは、大きくうなずいて、

「ええ。その証明は、離れにあった武藤さんの傘がしてくれました」

と言って、離れの扉を開いた。

土間に置かれた白い壺に、例の青いチェックの傘が立ててある。

ハジメは、その傘を引き抜くと、また外に出てみんなの前に高々と掲げた。

「この傘は、武藤さんが東京から持ってきたものです。おれが武藤さんと葉月さんに連れられて、初めてこの離れにきた時には傘立てには差してなかった」

「その傘、あたしたちがこの家に到着した時に、玄関の傘立てにあったわ。あたし、見たもん」

と、美雪。

ハジメはうなずいて、

「そう。おれもそれは覚えてる。この傘は見てのとおり、こうして留め具の帯を外した状態で離れの傘立てにあったから、警察もおれも最初は、雨が降っていた時に武藤さんがさしてきた傘なんだろうって自然にそう思った。ところが、それはおかしいんだよ。武藤さんに限っては、ぜったいにそんなことをしないはずなんだ」

「どうしてだ？」

と、赤井刑事。

ハジメは、傘の先の金属の部分を示して言った。

「この傘が、こうやって先に金属のついたタイプのものだからですよ。じつは、武藤さんは雷が大嫌いでね。おれが会った時も、雷が鳴っているのを聞くと、外に出るためにわざわざ自分のズボンのベルトを外してたりしたんです。『雷は金属に落ちるんだ。とくに多いのが、ベルトのバックルなんだ』って、そう言ってました。そんな人間があの激しい雷雨の中を、こんな先に金属のついた傘なんかさして歩けると思いますか。

おれ、雷祭の最中《さなか》にこの村の人たちがまったく雷を恐れないのを見てすこしびっくりしたんです。高い木に避雷針みたいな仕掛けがあって、人間には落ちないんだって口で言われても、生理的な恐怖感は変わらなかった。

ましてや武藤さんはあの口ぶりじゃ、避雷針がわりの木のこととか知らなかったんじゃないかな。それを知らなかったら、おれだってこんな傘さしてあのとんでもない雷の中を歩くなんてまね、絶対できないよ。

ところが、犯人はそうじゃなかったんだ。そもそもこの雷が神様とされている奇妙な村の人間である犯人には、雷を怖いと思う感覚がなかったのさ。だから、雨が降っている時に武藤さんが離れに向かったというでっちあげの状況にリアリティを持たすために、なにも考えずに傘を玄関から持ってきて、離れの傘立てに放り込んじまったんだよ」

「誰なんだ、その犯人ってのは!?」

赤井が、痺れをきらしたかのように詰め寄る。

「それは、あの雷祭の落雷の中でもなんの抵抗もなく傘を持ち歩いていた人物……あんただよ、春子さん！」

全員の視線が、朝木春子に集まる。

春子の表情が凍りついた。

ハジメは、さらにだめを押すように言ってのけた。

「朝木春子、あんたこそがこの事件の犯人であり、あの足跡トリックを仕組んだ張本人なんだ！　違うかい!?」

「ち、違うわ！　あたしじゃない……あたしじゃ……！」

すでにその声色には、内心の激しい動揺がありありと浮かんでいた。

おそらくはハジメによって自分のトリックがあっさりと看破された時点から、心中は穏やかでなかったに違いない。そしてハジメの展開する緻密な推理を聞くうちに、すでに彼女の中では敗色がじわじわと拡がりつつあったのだろう。

実はハジメの狙いもそこにあった。犯人である春子を心理的に追い込むために、わざわざ全員を集めて、ゆっくりと大木に鋸《のこ》を引くように真相に迫る推理を披露してみせているのだ。

特にこの事件においては、ハジメも犯人を決定的に追い込む証拠をつかんでいるわけではなかった。ハジメが手に入れたのは、どちらかといえば、事件を起こした時の犯人の心理状態を突く状況証拠だった。

だから、こうして犯人が自ら半ば負けを認めてしまうような手段をとらざるを得なかったのである。

いささか残酷なやり方ではあったが、春子を自白に追い込むことが、おそらくは彼女のためにもなるのだという直感が、ハジメにはあった。

だが、春子もまだ、かろうじて反撃するだけの精神力を残していた。

4

春子は、引きつった笑顔の下に必死で動揺を隠しながら言った。

「なんであたしが犯人なのよ！　確かにあんたの言うことを聞いてると、葉月さんが犯人じゃないかも知れないって気にはなったわ。でも、だからってあたしが犯人だなんて根拠はどこにもないじゃない。まさか、あたしが雷を怖がらないから犯人だなんて言わないでよ？　この村の出身者は誰も雷を怖いなんて思わないわよ。いいえ、この村の人間だけじゃないわ。そこにいる時雨もそうよ。この子、村の出身でもないくせして、全然雷を怖がらないんだから」

ハジメは、春子の反論を黙って聞いている。

春子は次第に落ちつきを取り戻したのか、勢いをまして、

「どうなのよ、名探偵の坊や！　なんか言ったら？　あんたの言うそのトリックだって、あたし以外の誰にだってできるものじゃない。何を理由にあたしが犯人だなんて……」

「空蟬だよ」

たったひとことで、ハジメは春子の言葉を切り落とした。彼女の反撃の機先を制する、絶妙のタイミングだった。

たちまち先程にもまして春子の顔色が青ざめる。

ハジメは、わざと声のトーンを落として、ゆっくりとした口調で推理を再開した。

「武藤さんの死体を埋めつくしていた、あの空蟬のことは、本当に最後まで謎だった。どう考えても、あんなことをする理由が見当たらなかったんだ。

それは確かに武藤さんは蟬の研究をしていて、ほとんど蟬オタクみたいな人だったから、考えようによっちゃあ、そんな武藤さんを葬る意味があるようにも思えた。でも、おれはそんな考えは最初から切り捨ててかかったんだ。

だって、人を殴り殺した人間が、他に罪を逃れるための偽装工作とか、いっぱいやらなくちゃならないことがある切羽《せっぱ》詰まった状況で、そんな感傷的なことに時間をさいたりするはずがないだろ。だからあの空蟬も、なにかの偽装工作の一つだと決めつけて、その意味を考えたのさ。

ところが、それがまずかった。一晩中ほとんど寝ないで考えても、死体に蟬の脱け殻をぶっかける理由なんか考えつかなかったよ。でもあたりまえだったんだ。空蟬で死体を埋めつくすこと自体には、理由なんかありゃしなかったんだ。

しいて理由をあげるなら、そこら辺にぶちまけるよりは、ああやって意味ありげに死体にかけておくほうが、〝本当に必要だったもの〟から捜査の目を逸らすことができるってことくらいだったのさ」

「本当に必要だったもの？　なあに、それって……」

美雪がきくと、ハジメはまた離れの戸口に足を踏み入れ、そこから何かを持ち出してきた。それは、空蟬が入れられていた大きなプラスチックの瓶だった。

「これだよ」

ハジメは、瓶の把手を持って、自分の前にそれを掲げてみせた。

「――犯人が必要だったのは、中身の空蟬なんかじゃない。この容器の方だったんだよ。このプラスチックの瓶が必要だったから、犯人は中身の脱け殻をああやって処分したんだ。殺人現場で警察がなによりも注目するのは、なんといっても被害者の死体だ。当然だけどね。

だからその死体の上にああやってぶっかけておけば、捜査の目はその空蟬のほうに向けられる。なんでこんなことをしたんだろうとかって考えてくれたら、本当に犯行に使われたこのプラスチック瓶のことなんか誰も注目しないんじゃないか――春子さん、あんたはそう考えた。違うかい？」

春子は答えない。

ただ、黙って唇を噛んで立ちすくんでいる。

代わりに口を開いたのは、秋絵だった。

「ちょっと待ってよ、金田一君。その瓶がどうトリックに使われたっていうの？　だいいちそんな瓶を犯人が使って何かやったとしたって、それだけでなんで叔母が犯人だってことになっちゃうのよ」

秋絵の言葉には、春子をかばいたいという気持ちが表れていた。

当然である。母を幼いころに失い、四ヵ月前に父をも亡くした彼女にとって、春子は大事な血族なのだ。

しかしハジメは、心の痛みを抑えて、あえて春子を追い込むことを選んだ。

それが結果として、春子のためにも秋絵のためにもなるのだと信じて。

ハジメは、秋絵に問い掛けた。

「なあ、秋絵。この瓶、なにかに似てると思わないか？」

「え？　似てるって……」

戸惑う秋絵に、ハジメは、取っ手をつかんで瓶をブランと下げて見せながら、

「ほら、こうして取っ手を持つと、まるでバケツみたいに見えないか。水とかを入れて運ぶと、ちょうどいい感じがするだろ」

それを聞いた春子は、痛々しく眉を寄せて、がっくりとうつむいた。

意味がわからずにいる秋絵が、いらだって問い返す。

「なんなのよ、それが。バケツに見えるからなんだって……」

秋絵は言いながらハッとなった。

ハジメが、答えを口にする。

「そう。犯人はこのプラスチック瓶をバケツ代わりに使って地面に水をまいて、さっきおれが説明したトリックを仕掛けたんだ。その証拠に、ほら」

ハジメは、瓶をさかさまにして見せる。

「――な？　中身にはチリひとつ残ってない。それこそ水で洗ったみたいにきれいなんだよ。中身の空蟬をぶちまけただけなら、こうはならないぜ。たぶん春子さんは、この容器に水を汲《く》んで地面にまいて、足跡をつけるぬかるみの小道を作り上げたんだ。時間もなかったし、けっこう大変だったろうね。

でも、妙だと思わないか？　水をまくなら、さっきおれがやったようにゴムホースを使うのが一番手っとり早い。そうでなくてもこんな蟬の脱け殻の入ってる容器を、中身をぶちまけてまで使うよりは本物のバケツを持ってきて水を汲んだほうが合理的だ。空蟬から妙な疑いをかけられるようなことにもならなかったはずだろ。

　なぜ春子さんはそうしなかったのか。答えは〝しなかった〟んじゃない。〝できなかった〟のさ。なぜなら彼女は、この屋敷に久しぶりに帰ってきた人間だったからだ。ゴムホースもバケツも、どこにあるのか知らなかったんだよ、彼女は！」

　ハジメは語尾を荒らげた。

　春子は反論もせずに、黙ってうつむいている。肩を落として、いつものりんとした都会的な印象は見る影もなかった。

　ハジメは、とどめを刺しにいく。

「──おれたちがこの屋敷に到着した時、春子さん、あんたはポルシェを洗車しようとしてたよな。それで時雨ちゃんに『バケツとゴムホース』を持ってくるように頼んで断られて揉《も》めてた。

　あの時あんたははっきりと言ってたぜ。自分で使うんだから自分で持ってくればいいんだと主張した時雨ちゃんに向かって、『どこにあるかわからないから頼んでるんだ』ってね。

　そのあと、結局ホースを取りにいこうとしたのは秋絵だった。時雨ちゃんは三年間もこの家に暮らしてたわけだし、あんたが持ってくるように頼むくらいだから、当然ホースのありかくらい知ってただろう。現に、今だって即座に持ってきてくれたしね。

この家の女主人の葉月さんだってもちろん知ってるはずだし、そもそもこんなトリックを彼女が仕組んだんだとしたら、自分からあとで夕食を届けにいったりするはずがない。そんなことすれば、自分に疑いがかかることになるんだから。

となると、ホースもバケツも使わずに地面に水をまくため、このプラスチック容器を持ち出さなくちゃならなかった人間は、春子さん、あんた一人しかいないことになるんだよ。

地面に水をまいて足跡をつけるトリックを思いついたあんたは、すぐにどうやって水を調達するかって問題に直面した。ホースもバケツもどこにあるかわからないし、かといって傘立てのでっかい壺は重すぎる。

そこらに飾られてる小さい壺や花瓶じゃ、何度も水をくみに来なくちゃならずにラチがあかない。そこで目をつけたのが、武藤さんが後生大事に蟬の脱け殻なんてもんをため込んでた、この容器だったってわけさ。

どうかな、なにか反論はあるかい？」

た。

「違う……あたし……殺してなんか……あたしは……」

独り言のようにつぶやく春子の両側に、赤井の部下の刑事たちがスッと身を寄せた。

「春子さん、少しお話を聞かせてくださいますか」

赤井が言った。慎重な言い方だった。

春子はうなずきはしなかった。

しかし、刑事たちに軽く肩を押されると、よろけながらもその指示にしたがった。

初めて会った時より、ひとまわり小さく思える春子の後ろ姿を見送りながら、ハジメは考えていた。

彼女は遅かれ早かれ自白するだろう。

もしかするとこの事件の『本当の闇の部分』に光が当たるのは、それから後になるのかも知れない……。

いつの間にか日は西から差し、連山に囲まれた空のどこかで、遠雷がわずかに轟いていた。

雷祭は、三日にわたり続けられると聞いた。今夜もまた、あの神社の七欅への落雷を合図に、村人は雨を浴びて叫び声をあげるのだろう。

大太鼓が打ち鳴らされる中、舞い狂う巫女姿の女たちが、御神木の枝を天に向かって突き上げ……。

あの現世《うつしよ》のものとは思えないような祭りの夜が、また訪れようとしている。

ふと、ハジメの目は秋絵を捜していた。

秋絵は、叔母に付き添うようにして刑事たちの群れの中にいた。

ハジメの視線を感じたのか、秋絵が振り返る。ハジメと目があった。

彼女の表情は、ハジメを責めているようには見えなかった。

仕方ないよね。

そう訴えているようだった。

だが、ハジメは思わざるを得なかった。

今夜の雷祭は、もう見られそうにない……と。

5

朝木春子が警察に連行されたその日のうちに、ハジメと美雪は雲場村を離れた。

それは仕方のないことだった。

秋絵にしてみても、家に戻ってからはそのまま自分の部屋に閉じこもってしまった。ハジメたちと顔を合わせたくない気持ちは、よくわかった。

荷物をまとめたハジメたちが、部屋の外から挨拶をすると、秋絵は襖《ふすま》を開けて顔をみせ、小さく微笑んでハジメに向かって言った。

「気にしないでね、金田一君。叔母もあれでよかったんだと思う……」

赤井刑事から、朝木春子が自白したと連絡を受けたのは、ハジメたちが東京に戻ってから三日後のことだった。

詳しいことを話したい、電話ではなんだから、とわざわざ東京に出向いてきた赤井刑事は、待ち合わせ場所の喫茶店で手土産の饅頭《まんじゅう》を美雪に渡すと、すぐに話をはじめた。

「朝木春子と被害者の武藤恭一は、もともと恋人同士だったようだ。あの武藤って男、なかなかの色男だが、なんでも金がらみで女とトラブルを起こしまくってる札付きだったらしい。蝉の研究だかに女から巻き上げた金をつぎ込んでは、金が引き出せなくなるとその女を捨てて別のに乗り換える、みたいなことを繰り返してたんだそうだ。

あの村のことを知ったのも、春子を通してでな。武藤にべた惚《ぼ》れの春子が、亡くなった当主の朝木冬生に頼みこんで、それ以来武藤はあの離れにやっかいになってたんだと」

そう言って、赤井刑事はコーヒーをすすった。その姿からは、以前のとげとげしさは感じられない。むしろこの素朴さが、彼の本来の持ち味なのかも知れない。

一口飲んでコーヒーにまた二杯も砂糖を追加する赤井を見て、ハジメは少し反省した。

美雪の言うとおり、どうやら第一印象で関係がつまずいた原因は、ハジメの側にもあるようだ。

美雪の大人受けのよさを、少しは見習おう。

「へえー、おれは武藤がその朝木冬生って人の友達の弟だって聞いてたけどなあ」

とハジメが言うと、赤井はあっというまに飲み干したコーヒーのお代わりをウェイトレスに注文して、

「そんな事実は、どうやらないらしい。武藤のやつ、冬生が死んですぐに春子と別れて、未亡人になったばかりの葉月とネンゴロになりおったんだと。しかしそれがおおっぴらになるとさすがに体裁が悪いんで、未亡人とふたりしてそんなデタラメを触れ回ってたみたいだな」

「やだー、なんか、嫌な話……」

美雪は、そう言って苦い顔で好物のショートケーキを口に運んだ。

赤井は、お代わりのコーヒーにまた砂糖をドバドバ入れながら、

「ま、そんなわけで動機は推して知るべしだ。葉月に乗り換えた武藤と口論になり、ついそこにあった灰皿でゴキン、てなところらしい。葉月に罪を着せようとしたのは、一石二鳥を狙ったんだろうな。後妻の葉月とは、連れ子の時雨ともども前々から険悪だったらしい。この際、邪魔者は全て消しちまうつもりだったんだな。怖いね、女は」

ハジメは、フーンと感心した素振りで赤井の話を聞きながら、別のことを考えていた。

まだハジメの中に澱《おり》のように残っている〝疑問〟……。

赤井は、二杯目のコーヒーに口をつけると、本題に入った。

「でな、金田一君。実はきみに聞いて欲しいのはこの後の話なんだ。朝木春子の自白でわかった武藤殺害の状況なんだが、それが鑑識からの報告と食い違う部分があって困っているんだよ」

赤井刑事の話では、武藤の死体には頭部にひどい傷が二つあり、そのうちの致命傷

になっているのは後頭部のものだということだった。しかし、

「――春子は、後頭部なんか殴ってないと言って引かんのだよ。殴ったのは左側頭部だけ、相手の振り向きざまにガツンと一発。その時に同時に彼女自身も武藤に突き飛ばされて机の角に頭をぶつけて、落雷の音で目が覚めるまで五、六分失神してたそうなんだ。どう思うかね、この話」

ハジメは、しばらく額に手を当てて考えていたが、やがて独り言のようにぽつりと漏らした。

「やっぱりそういうことだったのか」

「やっぱり？」

赤井が聞き返すと、ハジメは身をのりだして、

「で、どうだったんだ赤井のオッサン、その春子が認めたっていう側頭部の傷はたいしたことなかったのか？」

「オ、オッサン？」

赤井がムッとするのを、脇から美雪がフォローする。

「ご、ごめんなさい赤井さん。このヒト、親しくなった刑事さんをオッサン呼ばわりするクセがあって。ほんと、悪気はないんです……」

美雪の言いわけに耳も貸さずに、ハジメはさらに言った。

「どうなんだよ、オッサン。側頭部の傷だけだったら、武藤は死んでたのか、それとも……」

赤井は苦笑いをしながら言った。

「いや、死んではいなかっただろうな。せいぜい失神くらいだろうっていうのが、鑑識医の見解だ」

「そうか……最後の疑問の答えも、どうやらこれでようやく見えたよ」

「えっ？　じゃあ、はじめちゃん……」

美雪が問い返すと、ハジメは迷いの抜けた澄んだ瞳を美雪に向けて言った。

「謎は、すべて解けた」

二杯目のコーヒーまでもいっきに飲み終えた赤井が、業を煮やしてまた聞きなおす。

「謎が解けたって、どういうことだ、金田一」

今度は赤井も呼びすてである。

「――春子の証言は、本当なのか嘘なのか。お前の意見はどうなんだ？　今日はそれを聞きにきたんだぞ、おい」

謎は、すべて解けた

「本当さ、たぶん」

「なに？　じゃあ、いったいどうして武藤は……」

「別の人間にとどめを刺されたんだよ。春子が失神してる間にね」

「とどめを？　いったい誰がそんな……」

「それは……」

言いかけて、ハジメは言葉を淀《よど》ませた。

「それは？」

赤井に促されてハジメは、迷いながらもう一度口を開いた。

「赤井のオッサン、今からおれが言うことは、あくまでもおれの推測にすぎない。根拠もはっきりいって薄いし、半分は直感みたいなもんだ。だからどうしても確かめたければ、葉月夫人を問い詰めるしかないんだ」

「葉月夫人を？」

「ああ。真実は、彼女が全部知ってるとおれは思ってる」

「……もったいぶるな、金田一。誰なんだ、その真犯人ってのは？」

ハジメは、コップの水を一口飲み下してから、それを手に持ったままでおもむろに口を開いた。

「武藤を殺した真犯人は……」

その瞬間だった。

赤井刑事の胸ポケットで、携帯電話が鳴り出した。

「ちっ、……ったく」

と、ぶつぶつ言いながら電話にでた赤井刑事の顔色が、さっと変わった。

「……なに?」

その様子に、ハジメが、

「なんだよ、赤井のオッサン。どうかしたの?」

と聞くと、赤井は電話の通話口を掌で押さえて、ハジメに向かって小声で告げた。

「朝木時雨が死んだそうだ」

ハジメは、手に持ったコップの水を思わずテーブルにぶちまけていた。

6

朝木時雨の葬儀は、本人の以前からの希望もあって家族だけの間の密葬で行われた。

村の隣人や時雨の中学のクラスメートさえも参列しない密やかな葬儀に、たった一日の付き合いでしかなかったハジメや美雪が加わるわけにもいかず、結局二人は雲場村を再度訪れることもできずじまいだった。

秋絵からの電話で美雪が聞いた話によると、時雨の死は病死だったらしい。

時雨の体を永く蝕《むしば》んでいた病が急に悪化したための、突然の死だった。

一日三回は必ず飲まなくてはならない薬をあの事件以来、彼女は密かに飲まずにいたらしい。

それが急激に命を縮めたのだろうというのが、時雨の主治医の見解だった。

いずれにせよ彼女の病魔は医者もさじを投げている状態で、あと半年は生きられないだろうということを、本人も承知していたという。

時雨は幼いころから体が弱く、それが何十万人に一人という致命的な奇病が原因とわかってからは、七年間にもわたってほとんど家の中での生活だったようだ。

彼女の異様ともいえる色の白さは、そのせいだったのだろう。

しかし、おそらく彼女にとって最後になるだろうこの夏だけは、本人の希望で自由に出歩くことを許されていたらしい。

ハジメはそれを聞いて、栗の木の下のベンチで最初に彼女に会った時のことを思い出した。

陽炎の中を漂うように歩いていた、時雨の姿を。

あの時彼女は、何を思っていたのだろう。何を感じていたのだろう。

永く触れることのなかっためくるめく夏の日差しを、その真っ白な肌に焼きつけながら歩いていた時雨……。

あの雷祭の雷鳴の中、神社の軒下で殻から抜け出そうとしている蟬を見つめながら、時雨は自分の姿を重ねていたに違いない。

七年もの間、日の届かない地中で過ごし、そして今ようやく高い空の下に新たな生を受けた蟬の真っ白な体。

蟬は、最後の脱皮を終えて成虫として空に飛び立つと、たった二週間しか生きないという。

ハジメは思った。

その二週間を、蟬は永いと感じるのだろうか、それとも儚《はかな》いと感じているのだろうか。

すでに盛りを過ぎた夏の空の下を、ハジメは美雪と並んで歩いていた。

雲場村での事件から三週間が過ぎようとしている。

今日はこれから、遠方より訪れる客と会う約束になっているのだ。

その客人との待ち合わせ場所に、ハジメは喫茶店などでなく駅の近くの公園を選んだ。

この忘れがたい夏の忘れがたい事件を締めくくる場所として、冷房のきいた店内よりは木陰のベンチこそが相応しいと、ハジメには思えたからだった。

「なにもこんな暑い日に、外で待ち合わせなんかしなくたって……」

と、ぼやく美雪に、コンビニでアイスクリームを買い与えて、ハジメは待ち合わせ場所に急いだ。

はるばると雲場村から訪れた客人は、すでに指定した木陰のベンチに座って、ハジメたちが現れるのを待っていた。

ハジメたちの姿を見つけると、彼女は和服の裾を整えながら立ち上がって、深々と礼をした。

「お久しぶりです」と、ハジメも軽く頭をさげた。

「お元気そうですね、金田一さんも七瀬さんも……」

朝木葉月は、そう言って顔をあげた。

7

ハジメと美雪は、雲場村からわざわざ二人に会うためにやってきた朝木葉月と並んで、公園の木の下のベンチに座っていた。

濃いブルーのプラスチック製のベンチは、雲場村に行く途中で休んだガタガタの木製ベンチよりは幾分か座り心地がよかった。

しかし頭上に張り出した広葉樹は葉が少なく、あの田舎道の空を覆い隠すような栗の大木とくらべると、涼しさはたいして感じない。

それでも時折吹き抜ける風を浴びる瞬間だけは、額に浮いた汗がすうっと引くような気がする。

雲場村から帰って以来、ハジメはよほど暑い日以外は家でも冷房をつけずに過ごした。

ハジメが、そのことを葉月夫人に話すと、彼女は微笑んで言った。

「そのほうがいいです。そうやって生活してるうちに、少しくらいの暑さなら慣れて、あまり汗をかかなくなります。雲場村に嫁いでからの私がそうでした」

「秋絵ちゃん、元気ですか?」

美雪が、開口一番に尋ねた。時雨が亡くなった直後に電話で話して以来なんの音沙汰もないことを、ずっと気にしていたのだ。

「ええ。だいぶ元気になりました。時雨が亡くなった時は、もう一日中泣いて暮らしてましたから、どうなるかと……。秋絵さんは、ほんとうにいい子ですわ。しっかりしてますし。あの子が朝木の家にいてくれるなら、私は安心して村を離れることができます」

「村を離れる?」

ハジメが問い返すと、葉月夫人は小さくうなずいて言った。

「自首するつもりなんです。警察に」

「え?」

ハジメと美雪が、同時に声をあげた。

美雪が、無言で心に浮かんだ疑問をハジメに問い掛ける。ハジメはそれを否定するように首を横に振って、葉月に尋ねた。

「どういうことですか。あの事件の犯人はあなたじゃなかったはずだ」

体ごとひねって葉月の方を向いたハジメに、彼女もまた向き合うように腰をずらす。

「やっぱり、なにもかもわかってらしたんですね、金田一さんは」

そう尋ねた葉月に、ハジメは言った。

「武藤さんを殺したのは、時雨さんです」

時雨の死を知って以来、赤井刑事にも結局言わずじまいで通した、ハジメの結論だった。

「——あの日、口論になって武藤さんを灰皿で殴った春子さんに、確かに殺意はあったと思います。だが、とっさに武藤さんにはねのけられて力が入らずに、武藤さんを殺すことはできなかった。そして武藤さんに突き飛ばされた春子さんは、数分間気を失っていたんです。

おれの推測が正しければ、時雨さんは窓からすべての成り行きを見ていたんだ。そして二人が同時に倒れたのを見て、離れにそっと忍びこんだ。彼女は、二人とも死んだとでも思ったのかも知れません。もしかしたらそれが、彼女の願望だったのかも。

時雨さんと春子さんは、ひどく仲が悪かったようだし。

しかし、春子さんは軽い脳震盪《のうしんとう》を起こしただけだったし、武藤さんにしても頭の怪《け》我《が》は命に別状があるほどではなかった。そこで、時雨さんは考えたんだ。春子さんは、もしかしたら武藤さんを殺したと思っているかも知れない。だったら、今ここで自分がとどめをさしても、それはすべて春子さんがやったことになるだろう、と。

なぜ時雨さんが武藤さんを殺そうと考えたか、その動機はおれにはわからない。きっとそれは、葉月さん、あなたが知っているんじゃないですか？」

ハジメの問い掛けに、葉月は答えずにいる。

ハジメは、気にせずに続けた。

「――ともかく彼女は、この恐ろしい考えを実行に移してしまった。春子さんが武藤さんを殴ったガラスの灰皿を拾い上げると、横たわっている武藤さんの後頭部に向けて力任せに振り下ろしたんだ。

これは実際、完全犯罪と言っていいものだった。なにしろ春子さん自身、武藤さんを自分が殺したと思っているんだからね。本当のことを知っているのは時雨さんだけなんだ。真実が発覚することは、絶対にない。

しかも、前々から時雨さんやあなたと折り合いの悪かった春子さんをも、家から追い出すことができる。まさしく一石二鳥だった。ところが、このあと誤算が二つ発生した。一つは春子さんが例の足跡のトリックで、その罪をさらにあなたに転嫁しようとしたこと。そしてもう一つはあなたに、たぶん離れから出てくるところを見られたことだ」

「不思議な方だわ、金田一さん、あなたは」

　葉月が言った。

「──なにもかもあなたのおっしゃった通りです。まるで見ていたみたいに知ってらっしゃるのね。本当に不思議」

「いいえ、これはほとんど推測です。想像にすぎないんです。だから、時雨さんが亡くなったと聞いて、赤井刑事にも話すのをやめたんだ。死んでしまって反論のできない人間を、推測だけで犯人と決めつけるのはルール違反な気がしたから」

「あの子、きっと後悔してたんですわ。残り少ない自分の時間を、そんな罪深いことで台無しにしてしまったんだもの。だから、ああやって薬を飲まずに命を縮めるようなことを……」

　言いながら葉月は、声をうわずらせた。そして、ハンドバッグから取り出した絹のハンカチで目頭をぬぐった。

　ハジメは、そんな葉月から目を逸らして言った。

「時雨さんが犯人なんじゃないかって思ったのは、葉月さんが警察で黙秘をつかったことを聞いた時でした。

容疑者は四人。そのうちあなたは、前にも言いましたが心理的にみて犯人とは思えない。残り三人のうちで、あなたが黙秘なんてことをしてまでかばおうとする人間といえば、やっぱり実の娘である時雨さんだろうって思ったんです。

あの日ずっと朝木家にいたあなたには、時雨さんがこの事件にかかわって何か不自然な行動をとった場面を、目撃するチャンスは充分にあったしね。

ところが、その後であの足跡のトリックを仕組んだ人間が春子さんしかいないってことがわかっちまった。正直、混乱しましたよ。春子さんをかばって黙秘までする理由は、あなたにはなさそうだ。となると、この事件はAがBに押しつけた罪を、BがCに転嫁するという、二重構造になっているのかも知れないと考えざるを得なかったんです」

葉月は、ハジメの語る推理を聞きながら、何度もうなずいていた。

その様子を見ているだけで、ハジメには自分の考えがどうやら的を射ているらしいと知ることができた。

だが、ハジメにもどうしてもわからないことがあった。

時雨が武藤を殺した動機である。

考えられるとすれば、ついさきほど葉月が口にした『自首する』という言葉にその答えはあるのではないか。

ハジメは、思い切ってその疑問を、葉月にぶつけてみることにした。

「葉月さん。もしかしたらあなたは、あの武藤って男になにか弱みを握られていたんじゃないですか？」

穏やかだった葉月の表情が、一瞬激しく揺さぶられた。

どうやらハジメの質問は、当たらずとも遠からずらしい。

「さっきあなたは、『自首する』って言いましたよね。つまりあなたが犯した、警察に出頭しなくちゃならないようなその罪を、武藤が知ってたとしたら？

そのせいで脅迫めいたことを、あの男がやってたとしたら、あなたみたいな人が武藤と愛人関係みたいになってた理由もわかる。それに、時雨さんが秘めてた、武藤に対する内心の憎悪の激しさも想像できます」

「その通りよ、金田一さん」

そう言った葉月の顔に、怒りとも後悔ともとれる感情の昂《たかぶ》りが浮かび上がった。

「――あの男に私は、弱みを握られていました。そのせいで私が逆らえないのをいいことに、あの男は……」

言葉を詰まらせながら、それでも葉月は続けた。

「――私をその泥沼から救うために、武藤を殺したんです。あの子は……時雨は、私のために……」

葉月の両目から、涙が溢れ出た。

せきを切ったような涙の横溢《おういつ》。

警察に連行される葉月を見て、時雨が突然泣きだした時もそうだった。

この親子は、同じ泣き方をする。

耐えて、耐えて、そして耐えきれずに壊れるように泣くのだ。

涙で化粧が落ち、クシャクシャになった顔を懸命に持ち上げて、葉月はハジメを見た。そして、嗚咽まじりに言った。

「私は主人を、朝木冬生を殺してしまったんです！」

8

そして、悲しく残酷な朝木葉月の告白が始まった。

「私が主人の元に嫁いだのは、三年前でした。お互いに再婚でしたが、立場は正反対。主人は大変な資産家で陶芸の窯元でしたし、私たちは時雨の病気のこともあって、生活していくのがやっとの貧しい母子家庭でしたわ。だから、主人に見初められたことは私にとって、そう、年甲斐《としがい》もなくシンデレラにでもなったような、そんな出来事でした。

　主人は私にも時雨にも優しかったし、秋絵さんも私を慕ってくれているようで……ええ、最初の何ヵ月かは、本当に夢のようでした。ただ少し、不満というわけではなかったのですが、不自然なことがありました」

「不自然なこと？」

　ハジメが聞くと、葉月は涙をぬぐいながら、

「ええ。私もまだ三十半ばでしたし、主人もまだ四十過ぎの男盛りでしたのに、その、夫婦関係というものがまったくなかったんです。つまりなんといいますか、主人は優しくはしてくれますものの、私を女として見てくれている様子が感じられなかったんです」

　赤裸々な告白だった。

　どう返事をしていいのかわからずに戸惑っているハジメと美雪を見て、葉月はおろおろと何度も頭をさげて、

「ご、ごめんなさい。若いお二人にこんなみっともないお話……ほんとにごめんなさ

いね」

「いえ。……それで、なぜ葉月さんはご主人を？」

ハジメは、話を先に進めようとして問い掛けた。

葉月は小さくため息をついて、また語りはじめた。

「わかってしまったんです。見てしまったんです。主人の正体を。あの人は、私を妻にしたくて結婚したんじゃなかったんですわ。あの人は、娘の時雨が欲しかったんです。時雨のあの白い肌が。自分が焼く陶器の繊細な白さそのものの時雨の肌を自分のものにしたくて、冬生は私と結婚したんです！」

葉月は、身を震わせていた。

怒りなのか悲しみなのか、熱病にかかったように……。

ハジメも、わきあがる生理的嫌悪感に鳥肌が立つのを感じていた。

「あの日は、まだ三月なのにとても暑くて……。窯の前で働いている主人に、冷たいものでもって……私……。そうしたら、仕事場から泣き声が聞こえて……時雨の声だったんです。苦しそうな、押し殺すような泣き声でした。

私、あの子がなにか悪さでもして、主人に叱られてるのかと思って……でも、あの穏やかな主人がどんなふうに叱ったりするのかって、いたずら心でそっと戸口から中を覗いたんです。そうしたら……そうしたら……時雨が裸にされてて、あの人が……ああ……」

「もういいです、やめましょう。そこから先は……聞きたくないよ、おれ……」

ハジメは、思わず葉月を制止していた。

美雪はハジメの隣で、口元を覆って押し黙っている。

葉月はしばらく黙って、放心したように視線を宙に泳がせていた。

が、ジジッと鳴いて蟬が頭上の広葉樹から飛び去ったのを合図に、ぼそり、とまた告白を再開した。

「正気を取り戻した時には、主人は死んでいました。私、窯に焼き物を出し入れする鉄の道具をつかんで、思い切り頭を殴っていたんです……。主人の頭は石榴《ざくろ》のように割れて、血がたくさん飛び散っていました。

そのまま、すぐに警察を呼んで自首するつもりだったんです。そこに、あの男が、武藤が現れて……裸の時雨と血まみれの主人と、凶器を持った私を見て……あの男は言ったんです。『警察になんか行く必要はない。この男は殺されて当然のことをしたんだから』って。

秋絵さんが東京の高校に通っていていないのをいいことに、武藤は主人の死を転落事故に見せかけようと言いだしました。高天井になっている仕事場の屋根裏部屋から落ちて、そこにたまたま置いてあった道具で頭を割ってしまった。それが、あの男の書いたシナリオだったんです。

悪魔の囁きでした。でも、私は耳を傾けてしまった。泥沼に足を踏み入れることになるとも知らずに、武藤にいわれるがままに嘘をついてしまったんです。馬鹿でした。あの時私が迷わずに自首していれば時雨は人殺しなんかせずに……いいえ、なにも知らずに主人と一緒になってしまったことが、すでに間違いだったんです。あの子は、時雨は私のためになにも言わずに、主人の仕打ちにずっと耐えていたんだわ。ずっと……一人で我慢して……」

そう言ったきり、葉月は泣き崩れた。

ハジメも、美雪も、言葉をかけることさえできないまま、ただ黙って彼女の側に座っていた。

晩夏の太陽は、もう西に傾き始めていた。空は晴れ渡っていたが、雲場村へ向かうあの長い道で見上げたそれと比べ、どこかくすんで見えた。

都会の空気が汚れているからなのか、それとも夏がもう終わりかけているからなのか……。

遠くで、ヒグラシの鳴き声がした。

カナカナカナ……。

夕暮れが待ち遠しくなるような、美しい鳴き声だった。

さっきハジメたちの頭上から飛び立った、あの蟬かもしれない。

ハジメは、姿を見せずただ歌声だけを聞かせるその蟬に向かって、心の中で問い掛けていた。

なあ、お前。

お前の最後の二週間は、どうだった？

楽しく歌えたかよ。

満足して、逝けるかよ。

なあ……。

エピローグ

「はじめ！　起きなさい！」

甲高い母親の声が、階下に響いた。

「はーい」

と、ハジメは返事をした。返事をしただけだった。起きるつもりは毛頭ない。

なにせ、今日は夏休み最後の一日なのだから。

精一杯寝るのだ。

昨日、夜中の三時までバイオハザード2をやった時に、そう決めたのである。

「はじめ！」

また、母親の声がする。

もう、それは半分夢の中だ。

「は、じ、め！」

うるさいな。

そんなに叫ばなくても聞こえてるよ。

ほっといてくれ、おれのことは。

ほっとい……て……。

「はじめーっ！」

「うわっ!?」

耳元で叫ばれて、思わず飛び起きた。

「起きた起きた。もう、いつまで寝てるの？」

いつのまにか美雪がベッドの脇に膝をついていた。

「かーっ……」

ハジメは、顔をこすりながら言った。

「――なんだよ、こんな時間にヒトの部屋に勝手によー。夏休みだぜ、今日はまだ。学校引っ張ってくのは、明日からだろ。今日は、な、つ、や、す、み！」

「そんなんじゃないわ。すごいものが届いたのよ」

美雪は、そういって抱えている宅配便の包みをポンと叩いた。

「なんだそれ。『ワレモノ注意』？　せんべいか？」

「ばかね、おせんべいはワレモノなんかじゃないでしょ」

「割れるぞ、せんべいは」

「でも違うの！　もう……ほら、見て！」

はぎ取った送り主を示す貼り紙には、見覚えのあるやたらと丁寧な字が書かれていた。

「……秋絵？　秋絵の贈り物か？」

「そうよ。今朝届いたの。はじめちゃんの分もあるのよ」

「なんだよ」

ハジメは、すくっと体を起こす。

「見て」

美雪が、段ボールを開けて破損防止の発泡樹脂にくるまれた品をとりだす。

「見て見て」

そう言って、中身をとりだす。

それは、白い湯飲み茶碗だった。

朝木家の庭の土で焼いた、透明感のある繊細な白磁の器である。

大きめの角のとれた五角形のような形の湯飲みには、それを包んであった発泡樹脂の緩衝材に『金田一一様』と書かれている。

もう一つの少し小振りの丸っこい方は、当然美雪に贈られたものだろう。

「これ、ひょっとして……」

「そうよ。秋絵ちゃんが焼いた器なんだって。ほら、底の裏側に名前が入ってるでしょ。これが、秋絵ちゃんの陶芸家としての名前なのよ」

と、美雪は自分の小振りの湯飲みを裏返して見せた。

そこには細い彫り文字で、『秋雨《あきさめ》』と書かれていた。

「秋雨……か」

ハジメも、自分の湯飲みを逆さにして、しげしげと眺めた。

「秋絵の『秋』と時雨の『雨』だな」

そう言いながらベッドから立ち上がり、あくび混じりに窓を開け放つ。

少しひんやりとした初秋の風が、ハジメの頬をくすぐって、廊下へと逃げていった。

第二話　共犯者X

「交換殺人？」

そう言って、金田一一《きんだいちはじめ》はフォークを皿に置いた。

「ほらぁー、はじめちゃん。ちゃんと飲み込んでから話してよ。口から食べかけのご飯がこぼれそうだよ。ああーん、もう……」

七瀬美雪《ななせみゆき》が、ナプキンをハジメの口元にもっていきながら言った。

「るせーな、美雪。お前こそ、さっさと食べちゃえよ」

ハジメは赤ん坊のように美雪に口元をぬぐわれながら、口の中に残っているご飯粒や肉を飲み込むと、テーブルの向こう側で食後の一服を燻《くゆ》らせている剣持《けんもち》警部に向かって問い返した。

「交換殺人って、あれだろ、共犯者と殺したい相手をお互いに交換するっていう……」

「ああ、その交換殺人だ」

と、剣持警部は煙を吐き出しながら言った。

「――一見ばかばかしい考えだが、自分の殺したい相手を動機のない共犯者に殺させるわけだから、共犯者同士のつながりが薄ければ、動機のセンから容疑者を絞るのが難しくなるというメリットもあるらしい。ま、おれもそういうのがあるって話は聞いてたが、実際に目の当たりにするのは初めてだよ」

ハジメは、また皿の上の肉をフォークで口に運びながら、

「だったら、おれの出る幕なんかないじゃんか。犯人の一人は、もう捕まえたんだろ。そいつに共犯者は誰か吐かせればすむことじゃん。ほら、暗い取調室かなんかでライト当てて、夜が明けたころに『カツ丼、喰うか？』みたくさぁー。そういうの得意だろ、オッサン」

「……ったく、刑事ドラマの見すぎだぞ、金田一」

剣持は言った。

「――それができんから、こうしてファミレスくんだりまで足を運んで、お前に昼飯をおごってるんだろうが」

「できないって、なんで？」

そう問い返したハジメの口元から、肉の塊がこぼれ落ちた。

「ほらぁー、また……」

と、美雪。殺人事件の話より、ハジメの行儀の悪さのほうが気になるらしい。

母子のようなこの幼なじみ同士のやりとりに、いささか呆《あき》れ顔で吸いかけの煙草《たばこ》をもみ消しながら、剣持は言った。

「まったく、かの名探偵金田一耕助《こうすけ》の孫とはいえ、お前みたいなしょーもないガキに頼らなきゃならんとは、われながら情けないわい。ええーい、さっさと喰え！　さっさと喰って、おれの話を真面目に聞け！」

剣持警部の話では、この奇妙な交換殺人事件の舞台となったのは都内でも有数の名門私立高校だという。

被害者の少女、瀬川奈々子《せがわななこ》はこの高校の一年生、犯人として逮捕されたのも三島由里絵《みしまゆりえ》という同校の三年生である。

瀬川奈々子が殺害されたのは、帰宅途中の公園だった。

犯人の三島由里絵にとって不運だったのは、その様子を藪《やぶ》の中から彼女と同じクラスの女生徒が見ていたことである。女生徒の証言で、由里絵は翌朝早々に逮捕された。

「まったく、夜の九時に公園の藪の中で女子高生が何やってたんだか」

剣持警部のぼやきは、もっともである。

「――ともかく、犯人の三島由里絵の証言から、この殺人がサスペンスドラマ顔負けの正真正銘の『交換殺人』らしいことが判明したってわけだ。

ま、その後の調べで被害者と犯人の由里絵は同じ学校の生徒とはいえ、ほとんど面識もない同士だということもわかって、今のところ彼女の証言にそって、われわれも捜査を進めているんだが……」

「交換殺人なら、もう一人犠牲者が出てるかもしれないってことだよな、オッサン」

ハジメがきいた。

「ああ。それらしい事件は起こっとる。一週間程前に、三島由里絵が殺したがってた恋敵の中島留美《なかじまるみ》って子が失踪しとるんだ。由里絵の証言によれば、それがその交換殺人の共犯者の仕業らしい。

最初は半信半疑でこの交換殺人計画に乗った由里絵だったが、共犯者が約束を果たしたらしきことを知って、自分もやるしかないと思って犯行を決意したんだそうだ」

「なるほど。で、その恋敵ってのは、やっぱし殺されてたのか？」

と、ハジメ。

剣持は新しい煙草に火をつけながら、

「いいや。由里絵が捕まったすぐあとに、ふらっと出てきた。薬を嗅がされて監禁されてただけらしい」

「ええーっ！」

黙って聞いていた美雪が、大声で割り込んだ。

「――もしかして最初からその由里絵って人に自分の代わりに殺人をさせて、自分は手を汚さない気だったのかしら」

「ああ、たぶんそうだろうよ」

と、剣持。

「ひっどーい！　それじゃあ、その由里絵って人、共犯者に利用されたんですか。人を殺したのはもちろん悪いけど、だましてそこまで追い込んだその共犯者のほうがもっと許せないわ。ね、はじめちゃん！」

「まったくだ。……でも」

ハジメは、意外そうな顔で言った。

「――だったらなんで由里絵は、共犯者の正体を明かさないんだ？　共犯者が約束を果たしたならともかく、裏切られたんだろ。普通は怒り狂って、自分に殺人を犯させたやつを告発するもんじゃないのか？」

剣持は、ため息まじりに煙を吐き出し、

「それが、由里絵もその共犯者の正体を知らないらしいんだ」

と言って眉をひそめた。

「共犯者が誰だか知らない？」

と、ハジメ。

「ああ。名前や顔はおろか、男か女かされもわからんそうだ」

「そんなばかなことあんのかよ。交換殺人までしようっていう相手だぜ？」

「そこがこの事件の変わったところでな」

剣持は、皿を片付けにきたウェイトレスに食後のコーヒーを三人分注文すると、空いたテーブルに身をのりだして言った。

「ことの起こりは、三島由里絵が教室の机にした落書きだったそうだ」

「落書き？」

ハジメが首をかしげると、美雪がポンと手を叩いて、

「あるある、あたしも物理室とか音楽室とか、自分のクラス以外の教室の机に落書きすること、よくあるわ。たまに同じ机を使う誰かから返事が来たりすると、けっこう

嬉しいのよね」

「そう、そういうやつだ。彼女らの高校には、さすが有名私立だけあってパソコン実習とかいう授業があるらしい。その授業に使う教室の自分の机に、ほんの暇つぶしというか退屈しのぎというか、なんのきなしに書きこんだ『あの女、殺してやりたい』という一言が、この事件の共犯者——仮にXとするが——そのXと知り合うきっかけだったんだよ」

三島由里絵の証言によれば、彼女とXとの机を介した文通が始まったのは、およそ三ヵ月ほど前のことだったらしい。

最初は恋敵に憎しみを燃やす由里絵に、Xが共感するかたちで二人は意気投合するが、やがてX自身も殺したいほど憎んでいる相手がいることを告白しはじめたという。

交換殺人の計画を持ち出したのは、Xだった。

お互いが誰かさえ知らない二人が手を組んで、お互いの憎い相手を殺し合う。そういう約束を交わしたのが二週間前。

そして約束どおり、体操部に属する由里絵の合宿旅行中に彼女の恋敵は行方知れずになった。

「なるほどね。それでXが約束を守ったと思った由里絵は、自分も約束を守るためにXが憎んでいた相手を殺さざるを得なくなったってわけか」

ハジメは、そう言って運ばれてきたコーヒーに口をつけた。

「そういうことだ。それがXの狡賢《ずるがしこ》い罠《わな》だとも知らずにな」

と、剣持。苦々しげに眉を寄せている。

「聞けば聞くほどひどい話ですねー。……でも待って、それなら容疑者はけっこう絞れますよ、剣持警部」

美雪が得意げに身をのりだす。

「——だって、同じ机を使ってた人って、そんなにたくさんいないはずだもん。その学校が何クラスあるか知らないけど」

「ほほう、なかなかやるじゃないか、七瀬君も」

剣持は咳払《せきばら》いをして、

「——しかし、それくらいのことはさすがにわれわれもチェックずみだよ。パソコン実習の授業を受けているのは、全学年含めて12クラスあるそうだ。

しかし、三島由里絵の席は教室の隅の一番後ろで、同じ机を共有している人間はたまたまそう多くなかった。なんと、わずかに三人しかいなかったんだな、これが」

「たった三人？　だったら、動機を調べればなんとかなるんじゃないのか、オッサン。その殺された瀬川奈々子と付き合いがあったやつとか……」

ハジメが言うと、剣持は首を横に振って、

「いいや、それがなかなか一筋縄ではいかんのだ。なにぶん相手は未成年なうえ、たまたま犯人と机を共有していたってだけなんだ、そう突っ込んだ聞き込みもできんし、ましてや本人をしょっぴいて尋問するわけにもいかん。

そんなことしてそれがもとでイジメでも始まったら取り返しがつかんし、下手をすると罪もない高校生の将来に傷をつけかねんからな。

こわごわと周囲に聞き込みをしたり、担任の先生を通して本人の行動をそれとなく探り出すのが精一杯だったよ」

「でも、なにかわかったんだろ？　いちおう聞かせてくれよ」

「ああ。じゃあまず、一年生の有吉淳平《ありよしじゅんぺい》だが、彼は殺された瀬川奈々子とはいちおう同級生だ。ただ、席が近くなったこともないし、遊び好きで派手な性格だった被害者とは接点のありそうもない、地味な男子生徒らしい。

成績は中の下、趣味はテレビゲームといったところか。ま、金田一、お前みたいなタイプだな」

「よせよ、オッサン。おれのどこが……」

「まあまあ、はじめちゃん、話聞こうよ」

すかさず美雪がなだめる。

「ちぇっ。……で、他の二人は？」

「次に、三年生の大塚茉莉《おおつかまり》。これは、ちょっとした美人らしい。写真で見ただけだが、そうだなー、ちなみに若い頃の岩下志麻《いわしたしま》みたいだったな、うん」

「岩下志麻って極道の妻《おんな》じゃんか。イメージわかねーよ、そんなたとえじゃ」

「うるせえ。んんっ……まあ、そういう美人なんだが、被害者とは学年も違うし接点はなにもない。ただ……」

「ただ？」

「どことなく似たタイプではあるんだな、被害者とこの大塚茉莉って子は。服装から髪型から、素行にいたるまで……まあ、最近の女子高生はどいつも似たりよったりなのかもしれんが」

「でた、オヤジ発言」

「はじめちゃん、失礼よ」

美雪がいさめる。

ハジメはどこ吹く風で、

「で、最後の一人はどうなんだよ。どうせ似たりよったりの情報しかないんだろうけど」

と言って、退屈そうにコーヒーをすすった。

「そのとおりだ」

と、剣持。

「——三人目の島本美和《しまもとみわ》って子も、やはり三年生で、被害者とは表面上これといったつながりはなさそうなんだ。ま、しいて言うなら同じ中学の出身者だってことくらいだな。

いたって平凡な女子高生で、成績も真ん中くらい。社交的な性格で友達も多いそうだが、被害者と関わりのある人物は出てこなかった」

「ふうん……なるほどね。それじゃあ、たしかに動機から犯人を絞るとなると、意外と苦労しそうだ」

ハジメは、少し考えて、

「——オッサン、ちょっと聞きたいんだけど、三島由里絵とXの机を使ったやり取りがあった、そのパソコン実習って授業、週に何時間あるんだ?」

剣持は黒い革の手帳をパラパラとめくって、

「ええと……、週に一時間だな。由里絵が受けていたのは、火曜の二時間目だ」

「さっきの、同じ机を使ってた三人は？」

「有吉淳平が火曜の四時間目。大塚茉莉が水曜の一時間目。島本美和は月曜の四時間目にパソコン実習を受けてる。これは、由里絵とXが机でメッセージのやり取りをしていた三ヵ月の間、変わっていない」

「Xと由里絵は三ヵ月間、ずっと机の書き込みだけでやり取りをしてたんだよな？」

「ああ、そういう話だが」

「……そうか」

と答えたきり、ハジメは口元に手をやったまま動かなくなった。

剣持と美雪は目配せをし合って、そんなハジメに声をかけずにいた。

こういう時のハジメは、普通の高校生ではない。

IQ180の頭脳の驚異的な発想力を誇る、天才少年探偵なのである。

一分がたち二分が過ぎ、しびれを切らした剣持が、まだ口をつけていないコーヒーに手を伸ばそうとした。

その時だった。

再びハジメが口を開いた。

「オッサン、もう一ついいか？」

ぎょろっとした大きな瞳が、輝きを増している。

それを見て剣持も、思わず身をのりだした。

「何かわかったのか、金田一！」

「まだわかったってほどじゃないさ。ただ、なんとなく見えてきたことがあるにはあるよ」

「なんだ、それは」

「その前に教えてくれ。今、容疑をかけられている三人のアリバイはどうなんだ？」

「アリバイ？　ああ、ちょっと待て」

と、剣持は手帳をめくり、

「――三年生の女生徒ふたり、大塚茉莉と島本美和は、瀬川奈々子殺害当時のアリバイはない。大塚茉莉のほうは夜遊びをしたあと、帰宅途中だったらしいし、島本美和は自宅で一人きりだったそうだ。

アリバイがあるのは一年の男子、有吉淳平だけだな。こいつは犯行当夜、友達の家で夜中までゲームをしていたことがわかってる。アリバイとしては完璧だな」

「中島留美をXが監禁したと思われる時のアリバイはどうだ？」

と、ハジメが聞いた。

剣持は、得意げにハジメを見返して、

「それもばっちり調べてあるさ。監禁された女子生徒が拉致された日は日曜で、大塚茉莉は一人でほっつき歩いてたそうだ。アリバイはないといっていいだろう。島本美和のほうは、町中に買い物にでかけていたそうで、裏をとったところ拉致事件から一時間後に、行きつけの洋服屋のアルバイトが彼女を見かけたという報告があった。

拉致現場からその店までは片道一時間近くかかるから、完璧とはいえないまでも、いちおうアリバイ成立ってところか」

「もう一人の男子は？」

「この有吉淳平が、アリバイとしては一番完璧だな。なにせ、大道具を手伝っている演劇部の合宿だとかで、長野のほうまででかけていたらしい。同行した顧問の先生に聞いたが、その日は一日中練習だったそうで、とても東京に帰る時間なんかなかったそうだ。

あ、そういえば金田一、お前も以前、演劇部を手伝ったりしてなかったか？　うーむ、このガキ、いよいよお前に似たタイプだな」

「ほっとけっての！」

「ははは。ま、だいたいアリバイはそんなところだ。しかし、今までお前が解決してきた事件を振り返っても、アリバイなんてもんはつくづく当てにならんからな。またこいつらのアリバイにも、とんでもないトリックが隠されていないとも限らん。できるだけ情報収集をせんと……」

「必要ないよ、オッサン」

「なに？」

「それより今から、その事件の舞台になった学校に行ってみたいんだけど」

ハジメは、そう言って立ち上がった。

剣持は、目を白黒させて、

「お、おい、今からか？」

と言って腰を浮かせた。

「――しかし、おれはまだコーヒーを飲んでないし」

「そんなの待ってたら、午後の授業がはじまっちまうよ」

「だめよ、はじめちゃん」

と、美雪が言った。

「――あたしたちも午後、数学のテストじゃない。はじめちゃん、出席日数ぎりぎりでしょう？　せめてテストくらい受けないと、ほんとに留年しちゃうよ？」

「だーいじょうぶだって、美雪。午後の授業にはちゃんと出るから。それまでにはビシッと謎を解いてみせるよ」

ハジメは、自信に満ちた表情で振り返った。

「――ジッチャンの名にかけて！」


立派な石造りの校門をくぐると、そこは公園のようなたたずまいだった。

緑の多い校庭に花壇が上手に配置されている。芝生が植えられた広場の真ん中に並んでいる背のひくい針葉樹は、さしずめ卒業記念植樹といったところか。

なるほど、ハジメたちの通う不動《ふどう》高校とはひと味もふた味も違う。

不動高校とは多少時間割りが異なるのだろう、まだ午前の授業が終わったばかりらしく、校庭に出てきている生徒たちはまばらである。

名門私立高校というだけあって、校舎の中は掃除が行き届いていて清潔だった。不動高校のように床のタイルが剥がれたままになっていたり、廊下の蛍光灯が切れかけたままになっていたりはしない。

しかし、よく目を凝らせば壁のあちこちに、生徒たちの落書きがあったりする。名門私立であっても、高校生のやることに、そう差はないらしい。

剣持警部と事務員のあとに続いて廊下を歩きながら、ハジメは壁に書かれた小さな落書きのいくつかに目を留めた。

『フミヤ、愛してる』

『彼女募集中。返事はココに』

『ゾバの授業、ボイコット！　超《チョー》ムカツク』

〝ゾバ〟というのは、先生のあだ名だろうか。

なんとなく、どんな顔か想像がつく。

きっと象とカバを足したような……。

そんなことを考えながら、ハジメは笑いを堪えて落書きから目を離した。

ハジメの目についたそれらは、どれもたわいのない暇つぶしにすぎない。

しかし犯人『X』は、この落書きを殺人に利用したのである。

卑劣きわまりないやり方で……。

「はじめちゃん、ここみたいよ」

と言って美雪が、ハジメの腋《わき》をつついた。

見上げると木製の両開きの扉の上に、『コンピュータ実習室』と書かれていた。

「どうぞ」

と、事務員にうながされて、剣持が扉を開いた。

教室の中では受け持ちの教師らしき男性が、ずらり並んだ分厚い机を一つ一つまわりながら、なにか作業をしていた。

「あ、どうも先生、先日は」

剣持がお決まりの挨拶をして、ハジメと美雪を教室に招き入れる。

ハジメたちを見てけげんな顔をした教師に、剣持はハジメたちを「アシスタントのようなものです」と紹介して、ワハハとごまかし笑いを飛ばした。

「剣持警部。あの先生、なにやってるんですか？」

作業を続ける教師を目線で示して、美雪が聞いた。

「ああ、あれか」

剣持は、小声で答えた。

「――机の上にあるパソコン機材は、なかなか高価なものらしくてな。ああやって、授業が終わるたびに先生が机の上蓋を閉じて、機材を机の中にしまって鍵をかけるんだそうだ」

「ふうん」

ハジメは、生返事をしながら、教師の作業に目をやった。

上蓋をつかんで閉じると、自動的にパソコン機材も机の中に納まる仕掛けらしい。

剣持は、つかつかと一人で教室の隅まで歩いていって、

「例のXとのメッセージのやりとりは、この一番端っこの机の、パソコン本体の台にあたる机の一部を使って行われたらしい。ほら、こうしてパソコンが出ている状態だと、すぐ目の前にくるだろ？」

剣持は、そう言って椅子に座ってみせた。

近くに寄って覗《のぞ》いてみると、なるほどちょうどパソコンのディスプレイの真下にあたる部分が、何度も消しゴムをかけたように、他と比べてやけにきれいになっている。

恐るべき交換殺人計画へと発展したやりとりは、確かにここで交わされたのだ。

剣持は、立ち上がってハジメにその場を譲りながら言った。

「メッセージのやりとりに使われた部分は、見てのとおり授業中以外は机の中にしまわれて鍵をかけられてしまう。つまり、容疑者はあの三人にかなりの確率で絞られて

くるわけだ」

「ふうん……」

剣持の言葉を聞きながら、ハジメは他の机を見回した。

灰色の樹脂製の机には、どれもたくさんの落書きがあった。

退屈な生徒たちのアクビが聞こえるようである。

ハジメは、剣持を振り返り、尋《たず》ねた。

「オッサン。指紋はどうだったんだ？　この机に指紋は残ってたんだろ？」

「もちろんだ」

剣持は答えた。

「——九人分の指紋が検出されたよ。誰のものかもわかっとる。こればっかりは少々荒っぽいやり方だが学校側の協力を仰いで、この教室に出入りするクラスの生徒たち全員の指紋を採らせてもらったんだ。

いずれも生徒の指紋だった。もちろん、例の三人のものもあったぞ。ま、当然だがな」

「そうか……。だったら、やっぱ間違いなさそうだな」

「なに？」

「犯人がわかったってことさ」

「ほ、本当か!?」

「ほんと、はじめちゃん!」

剣持と美雪が、目を見合わせる。

「ああ。Xの正体も、それを指し示す状況証拠も、すべて出そろったよ」

「そ、それじゃあ、金田一!」

そう言いながら歩み寄る剣持に向かって、ハジメは会心の笑みを見せて言った。

「謎は、すべて解けた」

読者への挑戦状

さて、小説版『金田一』の愛読者のみなさんにはおなじみの、〝挑戦状〟の時間がやってまいりました(笑)。

今回は小説版初の短編ということもあって、交換殺人における〝フーダニット〟というちょっと珍しい趣向を試みてみました。

〝フーダニット〟というのは〝WHO DONE IT〟、すなわち〝誰がそれをやったか〟の意味です。ようするに『犯人あて』を気取っていっただけのこと。難しく考える必要はありません。

ずばりあててください。

我らが金田一少年の推理した、犯人『X』とは誰なのか?

論理的に考え、ずばり答えを次のカッコに書き込んでから、先を読み進んでください。

共犯者X＝(　　　　　)

さあ、解決編へどうぞ!

「おい、金田一、もったいぶらないで早く言え。犯人は誰なんだ！」

　１８０センチ以上もある剣持の巨体が迫ってくるのを、暑苦しそうにかわしながら、ハジメは、

「まあ落ちつけよ。その前にまず、オッサンのいう三人の容疑者の誰が犯人でないか、消去法で考えてみようじゃないか」

　と言って、落書きだらけの机に、どっかと腰をおろした。

「消去法だと？」

　首をかしげている剣持を尻目に、ハジメは勝手に自分の推理を展開しはじめた。

「まず殺人があった時にアリバイのない、大塚茉莉と島本美和の二人は犯人じゃない」

「え、どういう意味、はじめちゃん」

　と、美雪。

「——アリバイがあるから犯人じゃないっていうならわかるけど、ないから犯人じゃないなんて……」

「普通なら、お前の言うとおりさ。でもこれは、交換殺人なんだ。交換殺人ってのがいったいなんのために行われるかってことをよく考えてみりゃあ、答えは簡単だぜ」

まだ首をひねっている剣持と美雪に、ハジメはその『なんのために』を説明してみせた。

「まず交換殺人の場合、犯人には、強い〝殺害動機〟ってやつがあるはずなんだ。衝動的なものじゃなく、どうしても相手を殺さなくちゃならないような事情がね。動機があるってことは、それだけで容疑者になっちまうってことでもある。だから、動機のまったくない共犯者に代わりに殺してもらうのさ。

そうやって影の共犯者同士がお互いに殺したい相手を交換すれば、『動機なき殺人』が二つ起こることになり、当然、警察の捜査は困難になる。それが交換殺人ってやつなんだ。

ところでオッサン、この場合、なんで警察の捜査が行き詰まることになるんだと思う？」

剣持は少し考えて、

「そりゃあ、交換殺人の場合、動機のある真犯人が犯行不可能な状況を選んで、共犯者が殺人を……あ、そうか！　だから――」

言いかけた剣持の代わりに、ハジメが、

「そういうこと。大塚茉莉と島本美和のどちらかがXなら、殺人事件の当日はなにがなんでも完璧なアリバイを作り上げているはずなんだ。

なのにこの二人は、瀬川奈々子殺害時に帰宅途中だったり自宅で一人きりだったり、全然アリバイを作ろうとしていた気配がない。それじゃあ、交換殺人の意味がないじゃないか」

「なるほど、だからこの二人は犯人じゃないのね」

美雪は感心げにうなずいた。

「——ということは、犯人は残る一人の有吉淳平って人になるわね、はじめちゃん」

「いいや、それも違うよ」

ハジメは、あっけなく言った。

「え？　だ、だって……」

「今度はさっきの逆さ。有吉淳平には、長野まで合宿にでかけていたという、完璧なアリバイがある」

「し、しかしだな、金田一。これまでにもたくさんあったじゃないか、そういう一見完璧なアリバイに、想像を絶するトリックがあって……」

と、剣持。

ハジメは、にべもなく首を横にふり、

「一日中長野にいて、演劇部の練習を手伝ってたような人間が、東京で女子高生を誘拐するなんて、そんなそれこそ魔法みたいなトリックを思いついたなら、交換殺人なんかする必要ないぜ。そのトリックを使って完璧なアリバイを作り上げて、殺人をすればいいのさ。

交換殺人ってのは、あくまでアリバイを手にするための犯罪なんだ。別の方法でアリバイを手にできる犯人が、他人に自分の犯行を託す交換殺人なんていう危険極まりない方法を選ぶはずがないと思わないか？」

「うーん、なるほど。確かに理屈が通ってるわね。すっごーい、はじめちゃん」

腕を組んでいまさらながらに感心している美雪を制して、剣持が言った。

「ちょ、ちょっと待て、だったら金田一、犯人はいったい誰なんだ？」

ハジメは、腰掛けている机を押し退けるようにして立ち上がり、思いも寄らない方向に視線を移して言った。

「そこにいる先生だよ」

「え？」

きょとんとしている剣持と美雪を尻目に、ハジメは声を大にして宣言した。

「この教室で授業をしているパソコン実習の担任こそが、共犯者Xの正体さ。そうですよね、先生！」

教師は、作業をする手を硬直させて、ゆっくりと振り返った。

そのあごは、すでにブルブルと震えている。真っ青になった顔は、すでにハジメの推理が的を射ていることの証明といってよかった。

「な、な、なんで私が……なんで……ななな……」

激しく動揺しながら、教師は反論を試みようとする。しかし、ハジメはそのすきも与えず、

「証拠は指紋だよ」

と言って、つかつかと教師に近寄る。

「お、おい金田一！」

あまりの唐突さについていけない剣持が、ハジメを制して言った。

「――指紋ってお前、おれの話を聞いてなかったのか。指紋は全部生徒のものばかりで、この先生の指紋なんか……」

「それが不自然なんだよ。さっきから見てのとおり、この先生は毎度毎度、授業が終わるたびに机の中にパソコンをしまって蓋を閉じ、鍵までかけてるんだぜ。なのに、なんで指紋が一つも付いてなかったんだ？

生徒の指紋は机を使ってないやつの分までたくさん付いてたってのに、授業のたびに机をいじくりまわしてる先生の指紋がまったく付いてないってのは、どう考えても不自然だぜ」

教師は真っ青な顔のまま、ぐうの音もでない。

ハジメは、続ける。

「おそらくあんたは、交換殺人が万が一失敗して三島由里絵が捕まった時のことを考えたんだろう。そうなれば三島はこれが交換殺人だということを警察に話すだろうし、当然机も調べられ、指紋を採られることになる。

そこで自分の指紋が出てしまうことは、心理的に不安感があるよな。なにせあんたは、交換殺人なんてことを考えるくらいだから、調べられたらすぐに足がつくような動機があるはずなんだ。

机から指紋が出て、それがもとで警察に詳しく調べられたら……そんなことを考えて、普段からこの机には指紋が付かないように注意して、パソコンをしまう作業をしていたに違いない。それがかえって、この机にだけ教室の管理者であるあんたの指紋が付いていないという、不自然な状況を生んでしまったってわけさ」

「この机だけ？　そうか！」

剣持はすぐさま携帯電話で捜査本部を呼び出し、教室の他の机の指紋採取を鑑識に依頼した。

その間、教師は両手の指を口に突っ込んで、ブルブルと震えるばかりだった。

もはや、自白は時間の問題だろう。

ハジメは、電話をかけ終えた剣持を見て、

「さ、あとはオッサンの仕事だぜ。カツ丼の出番だ」

「ばかやろう、だからテレビの見すぎだって言ってるだろうが」

そう言いながら剣持は、視線を合わせようとしない教師に歩み寄って言った。

「――先生、本部までご同行願えますな？　いろいろおうかがいしたいことがありますので」

教師は、うなだれてうなずいた。

「動機はつまらんことだったよ」

剣持が、ステーキをかっくらっているハジメに向かって言った。

「――あの教師というのが、実は大変なロリコンでな。被害者の瀬川奈々子が中学生の頃、売春の客になったことがあったらしい」

「うっそー、気持ちわるーい！」

美雪がそう言って、食べようとした肉の最後の一切れを皿の上に戻した。

ファミリーレストランのウェイトレスが、近寄ってきて、

「よろしいですか？」

と、聞くが早いか運び去る。

剣持は、食べおえた皿にフォークとナイフを揃《そろ》えながら、

「それでまあ、瀬川奈々子が高校生になった時、たまたまあの教師にあって、そこから脅迫が始まったってわけだ。この瀬川って子も、そこそこの中流家庭の育ちなんだが、まったく、近頃のガキはわからんよ。

あの教師は教師で、間抜けにもレンズ付きフィルムで写真まで撮られてたらしいからな。しかたなく瀬川奈々子に何百万って金を払ってたんだと。被害者の部屋から、動機につながるその写真も出てきた。蓋を開けてみればくだらん犯人だったよ。Xとやらもな」

「なんか、次から次へと信じられない話ばっかりですね、警部。だって、あの学校すごい名門なんですよ。偏差値だってけっこう高いし……」

美雪が言うと、ハジメがまたモグモグ口を動かしながら、

「ばーか、偏差値で人間の価値が決まるかっての！」

と言って、水で肉を流しこんだ。

「そうよねー。なんかはじめちゃんが言うと、説得力ないけど」

「ああ？　お前な、おれは……」

「まあまあ。……ところではじめちゃん、いつから先生が犯人だなんて、気づいてたの？」

「このファミレスで、オッサンの話を聞いた時かな。ま、漠然とだけど」

「なに？　そりゃまたなんで、おい」

剣持が身をのりだして聞くと、ハジメはひょうひょうとした顔で、口元を手の甲でぬぐって答えた。

「だって、パソコン実習なんて、退屈そうな授業じゃんか。現にあの教室の机、どれも落書きだらけだったしさ。なのに、殺すだの殺してだのそんな危ない内容の落書きが、犯人を除いた他の何人かの生徒の目にまったく留まってなかったってのは、おかしな話だと思わないか？

おそらくあの先生は授業の始まる直前に机に書き込みをして、終わった直後に相手のメッセージを読んですぐに消していたのさ。それなら、他の生徒の目に触れることはないからね」

「なるほどなぁー」

剣持はしきりに感心している。

ハジメは調子に乗って、

「よくダレダレが好きだのなんだのって、机に書き込んでるバカがいるけど、あんなの『みなさん読んでください』って言ってるようなもんだよなぁ。

おれなんか、自分の使う机のことだったら、隅から隅の、裏側の落書きまで把握してるぜ」

「それはカンニングのためじゃないの？」

美雪がつっこんだ。

「ば、ばか！　なに言ってんだ、おめ……」

「ほーら慌てた。あやしーい」

「あー!?」

二人の、じゃれあいともケンカともつかないやり取りに水をさすように、ウェイトレスが食後のコーヒーを運んできた。

淹《い》れたてのコーヒーの香ばしい匂いが、ふわりとその場を和ました。

第三話　迷い込んできた悪魔《デモン》

1

デモンの足どりは重かった。

無理もない。もうかれこれ四時間以上、膝まで新雪の積もった山道を歩きっぱなしなのだ。

死体の処分に訪れたこの山奥で、思わぬ失態を演じてしまったのが運の尽きはじめだった。

警官に職務質問を受けたまではどうということはなかった。所属している劇団では、演技派でならしている。ほんの二、三分の世間話で終わるはずだったのだ。

それが、あの犬のせいで！

デモンは、思わず足にからみつく雪を蹴りあげた。

手首をくわえてこられては、言い訳のしようもなかった。

用心のため背中に隠していたナイフで、すばやく警官を刺した。慣れないナイフを扱いかねて、急所を外したのが痛かった。血まみれで倒れ込みながらも拳銃を構える職務に忠実な警官のせいで、車を放棄して逃げざるをえなかったのだ。

このあと、降り始めた雪に紛れるつもりで山の方に向かったことが、さらに最悪の事態を招いてしまった。

気がつけば季節外れの猛吹雪《もうふぶき》に道を見失って、このざまである。

山のふもとでは、大捜索に向けての準備が始められているころだろう。しかしこの雪では警察もまだ動けない。それがせめてもの救いだ。

まだ捕まるわけにはいかないのだ。

せっかく人殺しの面白さがわかりかけてきたというのに。

そういえば、この手で絞め殺した人間の数も、もうかれこれ九人目になる。ようやく二桁になろうというこんな時に、まったくついていない。

デモンは、こぶしを握りしめた。手袋の中の感覚のなくなりかけた指先が、強くにぎるとピリピリと痛んだ。

頭に降り積もる雪を払いながら思った。

もしうまく逃げきれたら顔を整形して、それから仕事でも探して……。

そうやって落ちついたらまた、どこかで誰かを殺す。

この手で。

頸《くび》をきゅっと絞め上げて……。

それを考えると、元気がでてくる。

止まりかけていた足が、また動き始めた。

積もりたての粉雪は小麦粉のようで、足で蹴りあげると顔のあたりまで舞い上がった。

ゆっくりと足元を確かめながら、デモンは山道を進んだ。

行く当てなどなにもなかった。しかし道が続く以上、その先になにかあるはず。そう信じて雪に埋《うず》まった緩い坂道を歩み続けた。

やがて、狂おしく舞い踊る雪粒の合間から、目を引く朱色の屋根が見えた。

民家の屋根だ。窓には明かりも見える。

デモンの口もとが、キューッとつり上がった。

殺人鬼デモンの計り知れない狂気がかいま見せた、狡猾《こうかつ》で残忍な笑みだった。

あと、数百メートル。もう一息だ。

もう一息で……また……。

2

「いいかげんやめっての、このクソ雪が！」

金田一《きんだいち》一《はじめ》は、ストックを大きく振り上げて言った。ストックに撥《は》ね上げられた雪の塊が自分に返ってきて鼻っ面に当たる。

「——わっぷ！」

その様子を横目で見ながら、七瀬《ななせ》美雪《みゆき》は呆《あき》れ顔で言った。

「はじめちゃんが、勝手にゲレンデの外のわけのわからないところ、降りてっちゃうからこんなことになるのよ」

「だってよー、吹雪でリフトが止まっちゃって、あのまま真《ま》っ直《す》ぐ降りたらペンションと全然違う場所に出ちゃうじゃんか。同じ山なんだから、斜めに突っ切っていけば、ペンションに戻れると思うだろ、フツー」

と言いながら、ハジメは鼻っ面にこびりついた雪の塊を拭った。

「思わないわよ、普通は」

美雪は、ますます呆れ顔で、

「——普通は、ともかく下まで滑り降りて、タクシーかなにかでペンションに戻ろうとするものなの。だいたい、はじめちゃんて、子供のころからアマノジャクで、人がやらないこととか行かない方向とか、そんなのばっかり選んで……」

「あー、うるさいうるさい。まったく、お前と一緒に旅行とか来ると、なんかしらあるよな、ジッサイ。遭難したり変な事件に巻き込まれたり……」

「ちょ、ちょっと、はじめちゃん！　それはこっちのセリフでしょ。だいたい前にもこんなことなかった？　変なとこ滑ろうとか言いだして遭難しそうになって、おまけに逃げ込んだロッジで殺人事件まで起きて……」

「おい美雪！　ラッキーだぞ！」

「ちょっと、はじめちゃん、聞いてるの？　人の話……」

「いいから、ほら、あの家！」

ハジメは、ストックで斜面の下の方に見える大きな赤い屋根を指し示した。

「えーっ、でもさっきあった別荘も誰もいなかったじゃない。きっとこの辺りの別荘とかって、冬場はほとんど使わないんじゃ……」

諦め顔の美雪に向かって、能天気な笑顔でハジメは言った。

「だーいじょうぶだって。見ろよ、あの氷柱《つらら》」

「氷柱？」

「そ。今まで見てきた無人の別荘とかには、あんなでっかい氷柱なかったろ？」

「そういえば……でも、それが？」

「氷柱ってのは、いったん融《と》けた屋根の雪とかが寒さでまた凍ってできるもんなんだぜ。立派な氷柱があるってことは、屋根の雪が積もるそばからどんどん融けるくらい、あの家があったかいってことなんじゃねーの？」

「へえー、な、なーるほど……」

「さ、行ってみようぜ。きっとあの中は暖房がきいてて、あったけーぞ」

「うん」

そう答えて、頼りにならないようで不思議と頼れる、ちょっと変わった幼なじみの背中をしばし眺めてから、

「――まってよ、はじめちゃん！」

と、笑顔で追いかけてゆく美雪だった。

3

「いやあー、すみません。助かりました」

ハジメは、雪に濡《ぬ》れてグシャグシャになった頭をかきながら、だだっぴろい玄関にスキー靴を脱ぎ捨てた。そして、

「すっげー、でっかい山荘だなあ。この玄関なんか、おれの部屋くれーあんじゃん？」

などと言いながら、濡れた靴下を気にもとめずに高級そうなフローリングの廊下に上がり込む。

「すみませんすみません、ほら、はじめちゃん、靴くらい揃《そろ》えて！」

美雪は、やたら恐縮しながら、乱雑に脱ぎ捨てられたハジメのスキー靴を整えている。

「どうぞリラックスしてください。今日のお客さんは、お二人だけじゃないんですし」

この山荘の主人らしき男が、そう言って笑顔で振り返った。

男は、三十代半ばだろう。髪をグリースかなにかでオールバックになでつけ、テカテカと光る厚手の生地のいかにも高級そうなガウンをまとっている。

「どういうことっすか、おれたちだけじゃないって」

と、ハジメ。

男は、重そうな木の扉に手をかけたまま立ち止まり、

「実は、さっきから来客続きでね。あなたがた同様、この突然の吹雪で避難してこられたようで。まったく私もこの雪には驚きました。そろそろ急に暖かくなる季節なんですよ、ほんとなら。私も、雪がなくなる前にスキーでもと思って来てみたんですが、いやはや、もう一週間遅くても、十分間に合いましたなあ、この大雪では。やっぱり、世界的な異常気象なんでしょう。ははははは」

と、ひとりでまくしたてた。

「でも、ラッキーでしたよ、ほんと」

と、ハジメ。

「――この辺り、けっこう別荘とかあるんだけど、どこもかしこも無人でしょ。この家にも人がいなかったら、マジ、遭難モンだったかもなー」

男は、扉を押し開けながら、

「なるほど、それは幸運でしたね、本当に。私もたまたま三日前に来たばかりなんですよ、それも一ヵ月ぶりに。ここは別荘でね。夏はともかく、冬場は二、三度、一週間かそこらスキーに来るぐらいで……。私のところ以外、冬場はこの辺りの別荘はまったく使ってないみたいだし、本当に凍死されてたかもしれませんよ。はははは」

高価そうなガウンに似つかわしい、余裕綽々《よゆうしやくしやく》の笑顔だった。

ハジメたちにしてみれば笑い事ではない話だったが、ハジメと美雪も顔を見合わせつつ一応の愛想笑いをしてみせた。

「さ、どうぞお入りください」

男はそう言って掌《てのひら》を上に向けて、うやうやしくハジメたちを招き入れた。

扉の向こう側は、広々としたホールのような場所だった。ふわりと、やわらかな暖気が漂い出る。

「わあー、すてき」

美雪が、ホールに足を踏み入れるなり、うっとりと目を細めて言った。

天井は屋根の勾配をあらわにする形で吹き抜けていて、ところどころに木の質感がそのままの丸太の梁《はり》が渡されている。

床は、すべてフローリングである。それも、厚みのある無垢板《むくいた》だろう。

部屋の隅には大きめの観葉植物がさりげなく飾られ、窓際にも天井からつり下げられた鉢植えのポトスが空調の柔らかい風を受けて、微かにその葉を揺らしていた。落ちついたオフホワイトの漆喰《しっくい》で塗られた壁には、ところどころに間接照明が突き出ていて、その下にはそれぞれ趣味のいい絵が飾られている。

「うわっ、教科書で見たことあるぞ、あの絵……ええと、作者だれだっけ、確か……パタリロ！」

ハジメのボケに吹き出しながら、美雪が、

「ユトリロでしょ？　すごく有名なパリの画家じゃない」

「おお、そのユトリロ。すっげーな、いくらするんだろ？」

「ばかねえ、あれはレプリカよ。本物はルーブルにあるもの」

「なんでえ。ニセものか」

「シッ、もう……大声で言わないの！」

美雪は、眉をひそめてツンとあごを上に向け、ハジメから離れるようにそそくさと、ホールの奥に進んだ。

「ちぇっ、お前が言ったたんじゃんか」

とぶつぶつ言いながら、ハジメはもう一度ホールの様子を見渡した。

ヒョオォォォォ…
キィ
さ、どうぞ
お入りください
見たことあるぞ
あの絵……

ホールの奥には、大きな鋳鉄の薪ストーブが鎮座していた。部屋に入ってすぐに感じたほっとするような暖かさは、そこから放射されていたらしい。

「ややややあ、また、遭難者ですか」

パチパチという薪の弾ける音を遮って、よくとおる明るい声がした。

薪ストーブを囲むように並べられた革張りの大きなソファから、年の頃は三十前後のずんぐりとした固太りの男が立ち上がった。

「――おっ、今度はずいぶんと若いなあ。高校生くらいじゃない？　ねえ、ヒグチさん」

固太りの正面に座っているヒグチと呼ばれた女性が、無言でハジメたちに視線を送った。

ヒグチは、座っていてもわかるほど、かなり背の高い女性だった。おそらく、170センチ以上はあるだろう。肩幅も広く、全体に筋肉質な印象だ。

髪はショートで、厚化粧も手伝ってか目鼻だちのハッキリとした顔だった。ひょっとしたら、西洋人の血がいくらか混じっているのかもしれない。年齢不詳といったルックスだが、おそらくは二十代半ばだろう。

ハジメたちをホールに案内すると、山荘の主人はあらたまった顔で、

「さて、みなさんいらっしゃいませ」

　と、頭をさげた。

「――私、いちおうこの別荘の主で、恩田《おんだ》と申します。いま、温かいお飲み物をお持ちしますので、どうぞごゆっくりおくつろぎください」

　恩田がそう言って出ていくと、代わって固太りの男が、

「ねえ、きみたちきみたち。こっち来なよ。あったかいよ、ここは」

　などと言いながらその場を仕切りはじめた。

　ハジメは、そんな彼に向かって、

「あ、どうもどうも。先客の方々ですか。えらいめに遭いましたねー、おたがいに。はっはっはっ」

　と、なれなれしく手を振っている。

「ちょっとはじめちゃん、失礼よ、初対面でしかも目上の人なのに。すみません。この人常識なくて……」

　と、美雪。ハジメはどこ吹く風で、びしょ濡れのスキージャケットを床に脱ぎ捨てて、薪ストーブにお尻を向けた。

「おおーっ、あったけー。おい美雪、お前もはやくこいよ」

「はじめちゃんたらー、恥ずかしいな、もう……」

そうは言いながら美雪も、ようやくありつけた火の温《ぬく》もりに、思わずいそいそとお尻をあぶりはじめた。

「その格好からすると、スキーで迷ったクチだな？　違うか、高校生クン」

「そうなんですよ。こいつのせいでねー」

と、美雪を指さすハジメの手に、すかさず美雪の爪が食い込んだ。

「はじめちゃんのせいでしょ！」

「いててて！　じょ、冗談だって！」

「くすっ、面白いコたちね」

二人のやり取りに苛立ったような表情を和らげて、背の高い女が言った。

「——座れば？　どうせこの吹雪じゃ当分はこの山荘に閉じ込められるんだし、仲良くやりましょうよ」

「そうそう。……あ、このべっぴんさん、火山の口で火口《ひぐち》、雪ん子で雪子《ゆきこ》の火口雪子さんね」

「お知り合いなんですか？　お二人は」

固太り男のなれなれしさに、思わず美雪がきくと、男は大きく口を開けてやけにき

れいな白い歯を見せて、

「はははは。ちゃうちゃう。おれらもさっき会ったばっか。ね、火口さん」

火口雪子は、少し眉をひそめて、

「ええ、そうよ。真っ赤な他人」

と言って、視線をそらした。

男は構わずに唾を飛ばしながら、

「火口さん、近くで車が雪にはまって動けなくなったんだって。おれは、山歩きして て吹雪にまかれて……もうまいったよ、ほんと。天気予報じゃ晴天って話だったか ら、ほとんど、なんも持たずにきちゃったし、死ぬかと思ったよ。

……おっと、自己紹介まだだったね。おれは一万円札の万に田んぼの田で万田《まんだ》。光 る男で光男《みつお》。万田光男、よろしく！　いちおう、コメディアンやってます。ま、ぜん ぜん売れてないんだけどね。はははは」

「へえー、コメディアンさんなんですかー。すっごーい。じゃあ、テレビとか出てる んですか？」

と、美雪。

万田は、また歯並びのよさをひけらかすように大口を開けて笑った。

「ははは。出てない出てない。舞台だけ。メシのタネはほとんど日雇いのバイトで稼いでるクチだから。……ん？　今なんか、音しなかった？　ピンポーンって」

「ええ、なんか聞こえましたね」

美雪が立ち上がって、玄関の方を窺《うかが》う。

万田が首をすくめるような仕草で言った。

「ひょっとして、またまた来客か？」

少しして、恩田が五人分のコーヒーを載せたワゴンを押しながら、新たな来客を連れて現れた。

恩田は、複雑そうな笑顔で、

「またお客さまが一人増えました。スノーボードでコース外を降りてきて迷われたそうで……」

と、後ろについてきている背の高い男をかえりみた。

男は二十代後半で、上下ともグレーの地味なウエアを着ていた。スノーボーダー独特のごつい手袋をしていることを除けば、作業員のようなスタイルである。

男は、雪がのっかったままの頭をぺこっと下げて言った。

「いや、ほんとまいりました。うっかりボード、なくしちまって。この吹雪の中、歩きじゃどうなることかと……あ、すいません。おれ、鳳《おおとり》っていいます。鳳辰馬《たつま》。よろしく」

「……そういうわけで」

恩田が、テーブルにコーヒーカップを並べながら言った。

「——もう日も落ちてしまったし、これ以上の来客もないでしょう。このドカ雪が止むまでは、どうも除雪車もこられないようですし、皆さんもこの私も、下手をすると二、三日はここにカンヅメというわけです。ま、仲良くやろうじゃありませんか」

「カンヅメ……か」

誰かがそうつぶやいた。

ハジメは、その声につられるように、ふと窓の外に目をやった。

見えるものはただ、狂おしく舞う大粒の雪と息が詰まるような夜の闇だけだった。

「そうそう、高校生クンたち、きみらまだ、名前もなにもきいてなかったな？」

短い沈黙を嫌うように、自称コメディアンの万田がきいた。

「あ、すみません。あたし、七瀬……七瀬美雪です。それとこのひと、あたしの幼なじみで金田一一」

「どうもー」

ハジメが、コーヒーにミルクを入れながら気のない返事をした。また、美雪が横目でたしなめる。

「金田一？　なんか昔の探偵みたいな名前だね」

と、鳳。

美雪は、にっこりと微笑んで答えた。

「ええ。その名探偵金田一耕助《こうすけ》の孫なんです、このひと。ね、はじめちゃん？」

この瞬間だった。

ハジメは、なにか殺気のようなものを感じた気がした。

それが誰から発されたものかはわからない。しかし、一瞬、何者かの悪意がハジメに向けられたことは間違いなかった。

天才といわれた探偵の血を引き、自らも数多くの怪事件に巻き込まれてきた金田一少年ならではの直感が、それを告げたのである。

4

思いも寄らない展開に、デモンはとまどっていた。

まさかこんな山奥の別荘に、ましてやこんな吹雪の日に、自分以外にもこんなたくさんの人間が迷い込んでくるなんて。

この人数が相手では、へたなことをすればたちまち取り押さえられてしまうだろう。

ともかく、夜が更けるまではおとなしく芝居をしているしかない。

夜中になって、こいつらが寝静まれば……。

デモンは、辺りを見回した。

コーヒーカップを口元に運ぼうとしている少女の姿が目に入る。

名前はたしか七瀬美雪だった。

背中まである、長い豊かな髪。

羨ましいほどの艶やかさだ。

あの細い頸にこの指を食い込ませたら、どんな感じがするだろう。

うっかり頸動脈《けいどうみやく》を圧迫してすぐに意識を失わせてはだめだ。苦しむ顔が楽しめなくなってしまう。

喉を絞り上げるようにして、気管をふさぐ。そうして、息の根をじっくりと止めてやるのだ。じっくりと、時間をかけて……。

想像するだけで、胸の辺りから熱いものがこみ上げて、喉を焦がし顔を突き抜けて頭の芯を痺《しび》れさせる。

そうとも。

いっそ皆殺しにしてしまえばいい。

寝込みを襲って、悟られぬように一人ずつ始末していこうか？

いや、それではつまらない。そうだ。ミステリー小説によくあるように、この雪に閉ざされた山荘で、朝、目が覚めるごとに一人、また一人と死体が転がりでてゆくという趣向はどうだろう？

ちょうど名探偵の孫だとかいう少年もいることだし。

面白い。

寝静まったらさっそく、あの山荘の主人を始末して、それから……。

デモンは、横目で美雪を盗み見た。

……あの少女だ。

ヒロインを殺されて、名探偵の孫とやらがどんな顔をするか、実に楽しみだ。

デモンの視線が金田一一を探して宙を泳いだその刹那だった。

「そうだ！」

ハジメは、コーヒーカップを音をたてて置き、席を立った。

5

「そうだ、天気予報観なきゃ！」

ハジメは、そう言っていそいそとテレビに歩み寄った。

「あ、天気予報か。おれも観たいな」

最後に現れた来訪者の鳳が、言った。

「——実は、休暇もあさってで終わりでしてね。こまるなあ、雪が止んでくれないと」

「でも、映るんですか、こんな山奥でテレビなんて」

と、自称コメディアンの万田光男。

「それは映りますよ。だから置いてあるんです」

山荘の主人の恩田が、苦笑いして言った。

「くすっ、それはそうよね」

そう言って、火口雪子は万田を小馬鹿にしたような笑いを漏らした。

「あ、やだな、今の笑い方。もしかして火口さん、おれのこと嫌いですか？　残念だなあ、ここにおれが逃げ込んできたあとすぐ、火口さんが入ってきた時はラッキーって思ったんですよ？　この出会いが恋に発展したりして、とかって……」

万田の冗談ともつかないおしゃべりを遮るように、カチャンと音をたててカップを置いて、火口は言った。

「いいかげんにしてくれる、あなた。まったく、こっちはあなたみたいに暇じゃないのに車が雪にはまって、イライラしてるの。少しは静かにしてほしいわ」

「ちょ、ちょっとー、その言い方はないでしょ。そりゃあ、おれだって帰れば仕事もあるし、あんたが思ってるほど暇じゃないけどさ、こうやって閉じ込められちゃったからには仕方ないし、少しは場を和まそうと……」

「ねえねえ、みなさん！　ニュースやってますよ、ほらほら！」

言い合いになりそうな空気を払うように、ハジメが大声をあげた。思わず全員の視線がテレビに集まった。

流れているのは、地元のローカルニュースらしかった。東京住まいのハジメや美雪には見慣れない顔の男性キャスターが、地元の年中行事についての平和なニュースを伝えている。

「今日の大雪のこととか、そのうちにやるんじゃ……」

ハジメが言いかけたその時だった。ふいに、キャスターと隣に座った女性アナウンサーの手元になにか原稿のようなものが届いて、二人の顔つきが緊張した。

『えー、ただいま入ったニュースです』

と言って、キャスターが眉を寄せると、同時に画面に白い字幕が映った。

『凶悪殺人犯、警官を刺して白鹿《はくしか》山中に逃亡！』とあった。

「やだ、白鹿山って、このあたりじゃない。ボリュームあげて、はじめちゃん」

と、美雪。

ハジメがボリュームを上げると、女性アナのよくとおる声がホールに響いた。

『──絞殺した男性のバラバラ死体を捨てにきたところを、警官に職務質問を受け、この警官をナイフで刺して白鹿スキー場近くの山中に逃亡した犯人の身元が判明しました。犯人は、長野県在住の劇団員、デモン・ショウ──』

言いかけた女性アナの声が、ふいにプツンと途切れた。同時に、画面もブラックアウトする。

「あれ？　なんで切れたんだ、テレビ」

ハジメが言うと、すかさず火口雪子が立ち上がって、

「あ、ごめんなさい。あたしかも」

と、ソファに落ちているテレビのリモコンを拾い上げた。

「――すぐつけるわね。ええと……」

あわてた様子で何度かカチカチとリモコンのボタンを押すうちに、プツンと音を立ててブラウン管に映像が映った。

画面はカップラーメンのCMだった。

「ん？　違いますよ、チャンネルが」

と、ハジメ。

「あら、そう？　何チャンネルだった？」

「ええと……わかんないけど適当に変えてみてくださいよ」

「え、ええ」

火口雪子がカチカチとリモコンを操作するうちに、さきほどの女性アナの顔が大写しになった。

『――さて、次は長野市内の小学校で誕生した、人面インコのニュースです』

「あちゃー、なんだよこれ。もう終わってるじゃんか、さっきのニュース」

憮然《ぶぜん》と言ったハジメに、火口は、

「あら、なによ。べつにいいじゃない、あんなニュースがなんだっていうの？」

と、口を尖《とが》らせた。

「だって気味悪いじゃないですか。白鹿スキー場近くの山中っていったら、ちょうどこの辺りですよ。しかも、おれたちスキー場からここまでずっとスキーで来たけど、この山荘以外は人のいる家とか一軒もなかったんです。その殺人鬼みたいなやつが、吹雪を逃れてこの山荘に迷い込んでくるかもしれないじゃないですか」

「それはないだろ、金田一くん」

と、鳳辰馬が割り込んだ。

「――おれもスキー場から来たけど、途中にも何軒か無人の別荘みたいなのがあったよ。普通、逃亡犯なんてのは、こんな人のいる山荘よりもそういうとこに隠れるもんだ」

「そうかなあ。人のいない別荘なんかじゃ灯油とかなくて寒さをしのげないかも知れないし、食べ物だってないでしょ。それにおれも無人の別荘とか何軒か見たけど、どれもすごく厳重に戸締まりしてあって、簡単には入れそうにもなかったですよ」

ハジメに言い返されて、鳳は少しムッとした様子で、

「おいおい、キミ。名探偵の孫だかなんだか知らないが、少しミステリーの読みすぎ

なんじゃないのか？　こんなところに閉じ込められて不安な気持ちもわかるけど……」

「まあまあ、お二人とも」

今度は、恩田が割って入って、

「——逃亡犯だか殺人鬼だかが迷い込んできたところで、心配は無用ですよ。主の私が家に入れなければいいんですから」

「どうかしら」

と、火口雪子が言った。

「——その殺人鬼とやらの顔もわからないんじゃ、うっかり家に入れちゃうかも知れないわよ。……いえ、ひょっとしたらもう入れちゃってるかもね」

火口の言葉に、いやな空気が漂う。

「火口さん、どういう意味だよ、それ」

と、万田。温厚そうな細い目に、それまで見せなかった陰険な光が宿っている。

「ほら、よく推理物とかであるじゃない。雪の山荘に見知らぬ男女が閉じ込められて、その中で殺人が起きていくって話よ。犯人はそのメンバーの中にいるんだけど、誰だかわからなくて……」

「ちょっと、なんだよ、これ！」

火口の言葉を遮って、テレビの前のハジメが大声をあげた。

「な、なによ!? びっくりするじゃない」

と、火口。

「いや、テレビが……あれー？ だめだ。つかなくなっちゃった！」

ブラウン管には、灰色のノイズだけが映っていた。音声も出ない。

「きっと、アンテナが雪で折れたかなにかしたんでしょう。やれやれだ」

恩田は、あくまで落ちついた声で言った。

「冗談じゃないわよ！」

と、火口。恩田とは対照的に、声がうわずっている。

「──いよいよ、ホラー映画みたいなシチュエーションになってきたじゃないの。まさか、ほんとにいないでしょうね、殺人鬼」

「もうやめましょうよ、そういう話」

美雪が言った。

「──なんか、寒くなってきちゃった。お腹もすいたし、お夕食にしませんか。恩田さん、あたしなにか作ります。ただで泊めていただくのも申し訳ないし」

「あ、いえ、けっこうですよ、七瀬さん。お客さまにそんなことをさせるわけにはいきません。こんなところですから大したものは出来ませんが、夕食は私が用意しますので、どうぞみなさんはおくつろぎください。

そうだ、先にお部屋にご案内しましょう。ちょうど人数分の部屋がありますので」

と、恩田はソファから立ち上がった。

「へえー、すごいですね、それは。おれなんか、玄関で寝る覚悟してたんですけど」

と、鳳。

恩田は笑顔で、

「いえ、もともとは私のやってる会社の保養所にと思って建てたんですが、場所が不便なもので、結局、私と私の友人だけが使ってます。しかし、別荘というのは部屋数が多いほうがいいものですよ。自宅と違って、来る時は一度に来ますから」

「なるほど、そんなもんですかねえ。ところで恩田さん、社長さんだったんですか」

「ははは。まあ、そんなところです。……さ、どうぞ。お部屋に案内しますよ」

恩田にうながされて全員がソファから立ち上がった。

「あ、鳳さん、財布」

美雪が、鳳の座っていたソファに黒い財布が残っていたのに気づき、拾い上げた。

その時だった。

「ちょっと、それ見せてよ！」

火口が、さっと手を伸ばし、鳳が落としたらしき財布を横取りした。

「きゃっ、なんですか、火口さん」

美雪がきくと、火口はその財布を高く掲げて言った。

「ねえ、あなた鳳さんっていったわよね。これ、あなたの財布？」

面食らった鳳が、

「あ、ああ、そうですが、なにか？」

と、目をしばたたかせた。

「そう。じゃあ、このイニシャルは？」

火口が示した財布の裏側には、『S・D』と金文字のイニシャルが彫られていた。

「さっきのニュースで言ってた殺人鬼の名前、たしか〝デモン・ショウ〟とか言ってたわよね。イニシャルは、『S・D』になるんじゃない？」

「プーッ、あははは！」

黙って立っていた鳳が、ふいに下を向いて吹き出した。

「なにがおかしいのよ？」

「ひょっとして、おれ、殺人鬼だと思われてるんですか？　勘弁してくださいよ。違いますよ、それはおれの本名ですって」

「じゃあ、鳳っていうのは、何なのよ」

「鳳辰馬はペンネームですよ。ふだん、プライベートではこっちを名乗ってるんです」

「え？　ペンネームって、じゃあ鳳さん、作家かなにかなんですか？」

美雪がきいた。

鳳はまだ笑いを堪えながら、

「いや、まだそこまではいってないよ。いちおう本業は公務員だし。ただ、作家になるのが夢でね。このペンネームで、せっせと出版社に原稿を持ち込んでるんだ。何度か新人賞の候補にもあがってるんだよ、これでも」

「ふぅん……じゃあ、あなた本名は？」

と、火口。まだ納得していないらしい。

「いや、それは勘弁してくださいよ。言いたくないんだ。ちょっと、わけあってね」

「どんなわけよ？」

「しつこい人だなあ、きみも」

鳳の顔がこわばる。

パンパン、と誰かが手を打った。

恩田だった。

「さあ、それくらいにしましょう。先に部屋に案内させてください」

恩田はそう言って、さっさとホールを出ていった。

6

間接照明しかない廊下は、薄暗く、しかもやけに長かった。

その寒々しさに不安な気持ちが膨らんだのか、美雪がハジメの脇に身をすりよせるようにしながら耳打ちした。

「ねえ、はじめちゃん、大丈夫よね」

「なにが？」

「この中に殺人鬼とか、いないよね？」

「殺人鬼デモンか？　さあ、どうかな」

ハジメの意味深な言い方に寒けが増したのか、ぶるっと震えて美雪が、

「ねえ、ペンションに電話して、迎えにきてもらうわけにはいかないかな？　あたし、ここに泊まりたくない」

「それが、さっきおれもそうしようと思ったんだけど、電話が通じないらしいんだよ」

「え？　電話が？」

「ああ。恩田さんの話じゃ、この雪で断線かなにかしたんじゃないかって」

「そんなあ……」

「怖いなら、一緒の部屋に寝る？」

「バカ」

「だったら、カギだけはきちっとかけろよ」

「カギがなかったら？」

「ベッドでもなんでも、ドアの前に置いて寝る。いいな？」

「うん」

「さあ、どうぞ。七瀬さんはこちらの部屋でよろしいですか？」

恩田が、重そうな木の扉を開けながら、うやうやしく掌で室内を指し示して言った。

「あ、はい！」

美雪は、すっとんきょうな声で答えた。その目は部屋の様子など二の次で、ドアのカギの有無を確認している。

「——ほっ、よかった、ついてる」

思わず口に出した美雪に、恩田がきいた。

「なにがですか？」

「あ、いえ。ほほほほ」

「カギですよ、部屋の。殺人鬼が入ってこないようにね」

ハジメの言葉に、視線がいっせいに集中した。

「ちょ、ちょっと、はじめちゃん！」

慌てて制止しようとする美雪を気にもとめずにハジメは、

「みなさんも、今夜はカギをかけて寝たほうがいいですよ。おれ、どうも嫌な予感がするんです」

と言って、全員の顔を見渡す。

しばしの沈黙のあと、火口雪子がクスッと鼻を鳴らして言った。

「忠告ありがと、名探偵さん」

誰かが、小さなため息をもらした。それが合図であったかのように、なんともいえない鬱々とした澱みがその場を満たしていった。

7

まったく、いまいましいガキだ！

デモンは舌打ちした。

あの金田一とかいうガキがよけいな時にテレビなんかつけるから、危うく正体がばれるところだった。

しかし、まだツキから見放されたわけではなさそうだ。きわどいタイミングで、テレビのアンテナがいかれたのはラッキーだった。

それに、電話のことも。

この山荘を訪れた時に、念のため電話線を切っておいたのが役立った。

誰かに警察に電話されて人相やら体格やらを聞かれでもしたら、それこそ厄介なことになるところだった。

デモンは、腕時計に目をやった。

午前二時。

さきほどのニュースと金田一のせいで、今頃は全員、部屋にきっちりとカギをかけて寝ていることだろう。

今夜、あの七瀬美雪とかいう少女の頸を絞め上げる楽しみはなくなったが、反面、夜中に歩き回ることには苦労しない。

しばらくここに全員で閉じ込められることを想定して、手は打っておかないと。

さて、どうする?

あれは……。

相変わらず激しい風雪が吹きつける窓の側に立ち、デモンは自問自答しながらイライラと頭をかきむしった。

8

「おはよう、はじめちゃん!」

美雪の明るい声が、まだベッドの中にいるハジメの耳に勢いよく飛び込んできた。

どうやら、カギのおかげでよく眠れたようだ。

「——みんな起きてるよ。早く早く！」

「へいへい」

あくびまじりの返事をしながら、ハジメは床に脱ぎ捨ててあったスキーパンツとセーターを身につけて部屋を出た。

廊下は昨夜以上に暖かく、セーターがいらないくらいである。伸びをしながらホールに入ると、

「おはよう、名探偵さん」

と、火口雪子が指先を振ってみせた。

今朝は、軽い感じの縁なしメガネをしている。ハジメが、ちょっとけげんな表情を見せると、彼女はすばやくそれを感じ取ったのか、

「昨日はコンタクトしてたのよ」

と言って微笑んだ。その笑みは、メガネのせいか昨夜より少し柔らかく見えた。

「おはようございます、金田一さん」

水差しで観葉植物の鉢に水をやっていた山荘主人の恩田が、ハジメに気づいて例の余裕たっぷりの笑顔で言った。

「——簡単ですがトーストとハムエッグと、それにミルクを用意しました。そちらの

ドアの奥がダイニングですので、どうぞ」

「あ、どうも……」

とだけ言って、ハジメはダイニングへ通じるドアを押した。

広いダイニングには、重厚なオーク色に塗られたテーブルが二つも置かれている。

イスにふんぞりかえっていた万田光男が、昨夜と変わらないすっとんきょうな声で、

「お、きたな、名探偵くん。一番若いのに最後とは、さすが大物だねえ」

「いや、はははは」

愛想笑いをとばしながらも、ハジメが席に着くと、万田はテーブルごしに手を伸ばして、

「吸う？」

と、タバコを差し出した。

「へ？」

「だめよ、はじめちゃん」

湯気のたつコーヒーを運んできた美雪が、めざとく見つけてたしなめる。

「おっと、高校生だもんね、タバコはだめか。はははは」

楽しそうに笑いながら、万田が美雪の運んできたコーヒーカップを左手で持ち上げ、口をつけようとしたその時だった。

「おい、みんな、ちょっと来てくれ！」

重い木製のドアを乱暴に開けて、鳳辰馬が飛び込んできた。上はジャケット、下はジャージを穿《は》いている。

「どうしたんですか、鳳さん」

と、ハジメ。

鳳は、スノーボード用の防水パンツを、ジャージの上から穿きながら言った。

「死体だよ！　外に、人が死んでるんだ！」

9

その死体は、山荘の玄関からわずか十数メートルの所にあった。

死体は半分以上雪に埋もれていたが、強い風で雪が飛ばされたのか、かろうじてスキーウエアの一部が見えていた。それを、外の天気を確認しに出ていった鳳が、めざとく見つけたのである。

男たちが、全員で死体を雪から引っ張り出し、玄関口まで運んだ。

死体は男性で、ぱっと見た感じ、そう若くはない。おそらく三十代から四十代前半だろう。グリーンのスキーウエアに同じ色のスキー帽、両手には黒の手袋をつけていた。

ゴーグルはかけたままだった。『スワンズ』の高級品だ。スキー靴もかなりいいものらしい。バックルまで全てきちんと止めたままで、スキー板も履いたままだ。両手にはしっかりとストックまで握られている。

ハジメは、その死体の様子が少し気になって目を凝らした。

ウエアは、きちっとアゴのあたりまでジッパーが上げられている。

ジャケットは買ったばかりと思われる新品で、襟のあたりに小さな金属のバッジのようなものが付けられていることを除けば、他にはなにも余計なものは身につけていない。

「あのバッジは、一級ですよ」

鳳が、死体をアゴで示して言った。

「——きっと腕に自信があって、深雪《しんせつ》でも滑ろうとして吹雪にまかれたんだな」

万田は、やりきれないといった声で、

「まったく、ついてないね、こりゃ。あと20メートルもいけば、山荘だったのに。吹雪で見えなかったのかな」

「そういえば昔、どこかの高校の山岳部が北アルプスで遭難したときも、山荘までたった50メートルの場所で死んでたそうですよ」

そう言って、鳳は自分のウエアについた雪を払った。

「怖いわ……」

火口雪子は、ただそれだけをつぶやいて、遠巻きに男たちのすることを見ている。

「やっぱりおかしいな……」

ハジメは、そうつぶやくとふいにしゃがみ込み、死体をいじりはじめた。

「ちょっ、なにするの、はじめちゃん！」

美雪が止めるのも聞かずに、ハジメはスキージャケットのポケットを開けようとする。

「おい、なにやってるんだ、金田一くん」

見かねた鳳が止めようとすると、ハジメは、かまわずにジャケットの全てのポケットを引っ張り出して、中身を玄関前のタイルの上にぶちまけた。出てきたのはハンカチと、黒い財布と、封の切ってあるスキーワックスの携帯スプレーだけだった。

「やっぱり、ね」

「おいおい、なにがやっぱりだよ。ホトケに勝手にそんなことするもんじゃ……」

と、鳳。

「それどころじゃないんだ」

ハジメは、そう言って振り返った。

「――これ、遭難なんかじゃないですよ。たぶん、れっきとした殺人事件だ」

「な、なんだって！」

鳳は目を丸くした。

「……そうだ、あのテレビで言ってた殺人鬼……殺人鬼デモン……確か絞殺した死体をバラバラにしてって……」

ハジメは、ぶつぶつと何事かつぶやきながら、死体のジャケットのジッパーを引き下ろし、アンダーウエアをまくった。

「さ、殺人って、どういう意味よ？」

こわごわと尋《たず》ねる火口に、ハジメは言った。

「こういうことですよ」

ハジメが晒《さら》した死体の頸には、どす黒い痕が残されていた。両手で何者かが頸を絞めたと明らかにわかる、凶悪な痕跡だった。

全員が、息をのむ。

「たぶん、昨日のニュースでやってた殺人鬼ですよ。そいつがやったんです」

「そ、そんな！　じゃあ、本当に殺人鬼がこの山荘の周りをうろついてるっていうの⁉」

と、火口。メガネの奥の目が潤んでいる。

「いや、事態はもっと深刻だと思います」

ハジメは、そう言って全員を見渡した。

「――犯人は、もうわれわれの中に紛れ込んでいるはずです」

「な、なんだって！」

ドアから顔を出して様子をうかがっていた恩田が、大声で叫んだ。

「ちょ、ちょっと、はじめちゃん、それ、本当なの⁉」

と、美雪。

ハジメは、うなずいて、

「ああ。おれ、どうもひっかかることが一つあったんだ。その答えが見つかったよ……。謎は、すべて解けた！」

ハジメは、突然のことに戸惑いながらも互いの表情を疑惑の目でうかがいあう全員の顔を、もう一度さっと眺めて言った。

「そう。犯人……殺人鬼デモンは、この中にいる！」

殺人鬼デモンは
この中にいる!

読者への挑戦状

さて、短編のほうでも2回目になりました、お待ちかね（？）の挑戦状です。

今回の金田一少年のお相手は、〝演技派の殺人鬼〟。冷酷な悪魔《デモン》は、その言動からはなかなか尻尾を出しません。しかし、ここでヒントを一つ。犯人は演技派であるがゆえに、あまりにも間抜けな失敗をやらかしています。

さあ皆さん、金田一少年より先に、ずばり当ててください。

問①　殺人鬼〝デモン〟とは、誰なのか？

解答（　　　　　　　　　　）

問②　金田一少年が犯人を見抜いたきっかけ、犯人の犯した間抜けな失敗とはなにか？

解答（　　　　　　　　　　　　　　　　　）

いかがですか？　変更はありませんね？

では、解決編のはじまりです！

10

「ニュースで言ってた殺人鬼が、この中にいるだと!?」

鳳辰馬が、大声をあげた。

「――なんでそんなことが言えるんだ？　このスキー客を殺したのは、たしかにその殺人鬼とやらかもしれんが、だからといっておれたちの中に紛れ込んでるなんて決めつける理由はどこにも……」

「ありますよ」

ハジメは言った。

「――その前に前提として言っておきたいのは、そこの死体は迷い込んできたスキー客なんかじゃないってことです」

「ええっ？」

全員がいっせいに声をあげた。

「し、しかし、スキー客でないなら、いったいなんだというんです。この格好は、誰が見たって、スキーをしていて、ここに迷い込んできたとしか……」

と、恩田。

万田もさかんにうなずきながら、

「そうだ、そうそう。きっとおれたちみたいに遭難して、やっとここにたどり着いたところで殺人鬼に襲われて絞め殺されたんじゃないのか？」

「いいや、それはありえないよ。なぜならその死体は、スキー客なら絶対に持っているはずの物を身につけていないんですからね」

「なによ、それ？」

火口雪子がきくと、ハジメは横たわる死体に目を移して言った。

「リフト券ですよ」

全員が、息をのむ。

ハジメは、自分のジャケットのポケットから、ゴムで腕に止めるようになっているリフト券ホルダーを取り出してかざして見せた。

透明なビニールのホルダーには、まだ昨日の日付のリフト券が入ったままだった。

「普通スキーをする時って、一日券とか半日券とかを買って、さっと見せるだけでリフトに乗れるように、こうしてホルダーに入れて腕にはめておくもんでしょ。たまに回数券とかを買う人もいるけど、一級を持ってるような上級者は損だからまずやらないはずだ。

念のためにポケットの中も見てみたけど、リフト券らしきものはどこにもみあたらない。サイフの中は見てないけど、リフト券みたいに頻繁に出し入れするものをそんなとこにしまうはずがない。

てことは、答えは一つ。この人はスキーをしていて遭難したように見せかけるために、スキーウエアを着させられてスキー靴まで履かされて、ここに放置されたんだ。

そして、よーく考えてみてほしい。昨日の夜、この山荘には最初に万田さんがやってきて、そのすぐあとに火口さんがきた。それからおれと美雪、で、最後に鳳さんが現れたんだよな？　じゃあ、あのスキーウエアを着させられた死体は、いったい誰でいつここを訪れたのか？」

ハジメは、推理を展開しながらゆっくりと舞台を玄関からホールへと移していった。

他の者も見えない糸でひきずられるように、あとについてホールへと集まっていく。

ハジメは、ただひとり、そこに水たまりでもあるかのようにホールに足を踏み入れるのをためらっている人物を見据《みす》えて言った。

「一番自然な着地をする答えは、こういうことなんじゃないかな。つまり、あの死体の人物は今ここにいる誰よりも前からこの山荘にいた、山荘の主その人だってことさ。ねえ、違いますか、恩田さん」

恩田は、一瞬、憎悪とも興奮ともつかない歪《ゆが》んだ笑みを浮かべた。その血走った眼球は、ハジメを捉えて離さない。

が、ハジメは、恐れる様子もなく続けた。

「あんたは、この山荘の主人なんかじゃない。おれたちより少し早くこの山荘に逃げ込み、暖かく迎えた山荘の主、本当の恩田さんを絞め殺してここに居すわろうとした。

ところが少しして万田さんがやってきて、彼を殺す暇もなく火口さんやおれたちや鳳さんまでが訪ねてきちまった。困ったあんたは、とりあえずどこかに簡単に隠しておいた本物の恩田さんの死体を〝始末〟しなきゃならなくなったってわけさ。

死体は本当ならもっと遠くに捨てたかったところだろうが、このすごい深雪の中を死体を背負っていくのは大変な苦労だ。そこであんたは、万が一見つかっても死体の身元が割れないように、スキーヤーの格好をさせて遭難者に見せかけることにした。

違うかい、恩田さん、いや……殺人鬼デモン！」

〝恩田〟は、なにかを決意したように軽く咳払いをすると、思い切りよくホールに足を踏み入れて言った。

「いや、これはまいりましたな。遭難しそうなところを助けて、殺人鬼呼ばわりされるとは。なるほどあなたの言うことは、一応筋が通っている。話としては面白いですよ。

しかし、残念ながらすべて推測にすぎん。私がこの山荘の主人でないという証拠でもあるんですかな？　まったく、あまり失礼なことをおっしゃると出ていって頂きますよ。吹雪の中だろうがなんだろうが……」

「証拠ならあるよ」

ハジメは、間髪いれずに言ってのけた。

「――あんたの朝の奇妙な行動が、あんたがこの山荘の持ち主じゃないってことを示してるんだ」

「奇妙な行動？」

「そうさ。あんた今朝おれが起きてきた時、そこの観葉植物に水をやってたよな？」

ハジメは、あごでホールの隅と窓際に飾られた観葉植物を指し示し、

「――それは、おれだけでなく火口さんも見てた。ですよね、火口さん」

「え、ええ。間違いないわ」

〝恩田〟は少しほっとしたような顔で、

「やれやれ、なにを言いだすかと思えば……。山荘の持ち主であるこの私が、植物に水をやってなにがいけないんです？　ごくごく自然な行為でしょう」

「ごくごく自然な行為だよ。あれが本当の植物だったらね」

「なに？」

〝恩田〟の顔色が変わった。

ハジメは、たたみかけるように、

「そう。あれは観葉植物なんかじゃない。よくできたイミテーションさ。レストランなんかにありがちな、ね。最近のイミテーションはよくできてるから、触って葉っぱの一枚もちぎってみないかぎり本物と区別がつかない。おれもいっぺん、本物かと思ってちぎろうとしてびっくりしたことがあるんだ。

あんたは山荘の主人を演じることに熱中するあまり、本当の主なら絶対やるはずのないことまでやってしまったんだ。そう、プラスチックかなんかで出来ている作り物の植物に、せっせと水をやるという、間抜けで滑稽な行為をね！」

〝恩田〟は、唇をわなわなと震わせながら、天井から鎖で下がっているポトスの鉢に手を伸ばした。

「うおおおっ！」

雄叫《おたけ》びをあげながら、その鉢を引きちぎり、ハジメめがけて投げつける。

鉢はハジメのすぐ脇で砕け、白い小石とともにポトスの株が吹っ飛んだ。根の代わりに金属の土台のようなものが、ドスンと音をたててフローリングの床に転がった。

「動くんじゃない、おまえら！」

のぶとい声がホールに響いた。それはもはや人のいい山荘の主人のそれではなかった。凶暴な獣の咆哮《ほうこう》そのものだった。獣はその節くれだった指を火口雪子の頸にかけて、泡をとばしながら毒づく。

「動くとこの女をぶっ殺すぞ。いいか、おれのこの指は凶器なんだ。女の細い頸をへし折るくらい、赤子の手をひね……ひね？」

言いながら獣の体は、高々と宙を舞っていた。

「セイヤァ！」

同時に、甲高い気合がホールに響く。

他の者たちが一歩も動けないでいるうちに、獣は鋳鉄の頑丈な薪ストーブに叩きつけられて、泡を吹いていた。

す。

火口雪子の、あまりにもみごとな背負い投げだった。

パチ、パチ、パチ……。

思わず、ハジメは拍手を送っていた。つられてか、美雪も、残る二人も拍手をしだ

火口は、ちょっと照れくさそうに紅潮した頬に手をあててみせる。

そんな中、拍手に紛れて万田が、

「よかったぁー、夜這《よば》いかけないで……」

などとつぶやいているのを、ハジメは聞き逃さなかった。

失神している間に殺人鬼は、玄関前の頑丈な柱にロープで縛りつけられた。ホール

ほど暖かくはないが、氷点下の屋外よりはずっと居心地はいいだろう。

彼の部屋に隠してあった彼自身の衣服から、免許証の入った財布が見つかった。本

名は、出門章一《でもんしょういち》。やはり、ニュースで言っていた逃亡中の殺人鬼に間違いないようだ

った。

ハジメたちは、悪魔《デモン》にとどめを刺してくれた薪ストーブの前で、火口雪子と美雪が

いれたコーヒーをすすりながら、何度も飽きずに目の前で繰り広げられた大捕物につ

いて語り合っていた。

そのうち一人で冷蔵庫から勝手に頂いたビールをちびりちびりやっていた万田が、ハジメに聞いた。

「それにしても名探偵くん、なんであの観葉植物が作り物だってわかったんだい？」

「そうそう、おれも気になってたんだよ」

と、鳳。

「——おれの見たかぎりじゃ、きみはあの観葉植物には指一本触れてなかったはずだぜ。なのになんで……」

「やっぱ、知りたいっすか？」

ハジメはもったいをつける。

「知りたい知りたい、あたしも知りたいわ」

火口雪子も身をのりだす。

「だったら鳳さんも教えてくださいよ」

と、ハジメ。

「へっ？　なにを」

「鳳さんの本名ですよ。事情があって教えたくないって言ってたでしょ。イニシャルが『S・D』だってのはわかってるんだけど、そーゆーの、おれ、すっごく気になるタチなんですよ」

鳳は、困った顔で天井を仰ぎながら少し考えて言った。

「ちぇーっ、仕方ない。じゃあ教えるけど、絶対に笑わないでくれよ」

「ええ、もちろん。……で？」

「君が先だ」

「へいへい。いや、あれは簡単なことですよ。だってこんな山奥の山荘でしょう？雪の降る季節なんか、なかなか思うように来られないだろうし、だいたいあのニセ恩田、最初会った時おれに言ってたんですよ。『冬には多くて二、三回しか来ない』って。

そんな別荘に本物の観葉植物なんか置いたら、まず間違いなく枯れちゃうでしょう？　だから、あのホールに入った時、やたら飾ってある観葉植物見て、ちょっと『おや？』って思ったんですよ」

「なるほどねー、そりゃもっともだ」

と、鳳。が、ちょっと考えて、

「――でも、これだけの別荘を持ってる人だったら、なにか特殊な鉢かなんかで、一ヵ月や二ヵ月、水をやらなくても植物が枯れないような仕掛けとか……ははは、自分で言ってて笑っちまった。ないよな、そんなの」

「いや、おれも一瞬同じこと考えたんですよ、実は。でも、美雪の言葉ですぐに『あ、よくできた作り物なんだろうな』って結論がでちゃった」

「え？　あたし、なにか言った？」

「ほら、そこの壁の絵だよ」

ハジメは、ホールの入り口近くに飾られた、ユトリロの模造画《レプリカ》を指さした。

「――お前、あれが模造画だっておれに教えてくれたろ。それで思ったのさ。ここの主人はお金はたくさん持ってるんだろうけど、なにがなんでも〝本物志向〟ってタイプじゃなさそうだってね。

ちょっと知ってる人間が見れば一目で模造画ってわかる絵を平気で飾る人間なら、あまり気にせずによくできた模造の観葉植物を管理が楽だって理由で飾ったりするもんなんじゃない？」

「さっすが、はじめちゃん！　ね、みなさん。名探偵の孫って、嘘《うそ》じゃないでしょ？」

「いや、そうらしいね。大したもんだ」

と、鳳は腕組みしてうなずいた。それを見てハジメは、

「さ、じゃあ今度は鳳さんの番だね。本名、教えてくれますか？　それと、なんで言いたくなかったかっていう理由も」

「しかたないな、じゃあ言うけど、笑うなよ、ぜったい」

「笑いませんって」

「いや、実はね、おれが生まれたころ、親父《おやじ》はまだ二十歳《はたち》そこそこで、なんかガキの頃ウルトラマンが死ぬほど好きだったとかで」

「それがどうしたんですか」

「いや、それでね。たまたまウチの名字がちょっと変わってて、それがまたウルトラマンに科学特捜隊の隊員役で出演してたある俳優の芸名と同じ名字で……」

「だーかーらー、なんて名前なんですか、鳳さんの本名は」

「いや、しかも親父ときたらその隊員の使う他とちょっと違った光線銃が好きで好きで、もう憧れだったんだと」

「で？」

「ま、まあ、そんなわけで、おれは自分の名前にちょっとコンプレックスがあるわけよ。な、いいだろ、もう」

「よかないですよ」

「笑わない？」

「笑いませんって」

「じゃあ言うぞ。おれの本名」

「はい、鳳さんの本名は？」

ハジメは、マイクを差し出すしぐさをする。

鳳は、息を吸い込んで言った。

「毒蝮三太夫《どくまむしさんだゆう》」

いっせいに全員が、飲みかけのドリンクを吹き出した。

あとがき

今回の作品は、前作『上海魚人伝説殺人事件《シャンハイぎょじんでんせつさつじんじけん》』から半年ちょっとでの刊行となりましたが、それには三つ理由があります。

一つは作品の内容からいって夏になる前に出したかったということ、二つ目は、前作のあとがきで「次も楽しみにしててください」といった予告めいたセリフがなかったために、心配した読者の方々から「まさか、もう書かないつもりなのか？」などというお手紙を多数いただいたことです。

本人は意識していなかったのですが、読み返してみると、なるほど恒例のように毎回そんなメッセージを図々しくもあとがきで書いていたのですね、私は。忘れてました。ごめんなさい。ですから、あまり長く期間をあけてしまうと、それこそ「ああ、もう書かないんだ」と諦められてしまうのではないかと思い、つい頑張ってしまったわけです。

さて、三つ目の理由ですが、漫画版『金田一少年』の短編集（1巻〜2巻）は、お読みになりましたか？　実はこれらにはそれぞれ巻末に私の書き下ろしの短編小説が収録されておりまして、本人、なかなかのお気に入りなのです。（手前味噌《てまえみそ》でごめん漫画版の読者は、ちゃんと読んでくれてるのだろうか？　面白かったかな？　などと常々《つねづね》気になっていたのですが、いかんせんコミックスには本書に入っているような投げ込み葉書というものがないのです。だから、感想も少なくて反応が見えない。悲しい……。

　そうだ！　小説版だけの読者というのも、葉書を見るかぎりでは結構いるみたいだし、そういう皆さんはこのままでは、あの二本の短編を読む機会を逸《いっ》してしまうかも知れない。いっそのこと次の長編に〝オマケ〟として短編を収録して読んでもらおう！　そうしたら、ついでに念願の短編の感想も……とまあそんな独りよがりな理由もあって、気力を振り絞り勇気を奮い起こして徹夜連続を覚悟で長編の執筆を開始したというわけです。

　ところが書いてるうちに最初のプロットがどんどん変わり、登場人物たちが一人歩きをはじめて、話も長くなるし締め切りは近づいてくるし……。予想以上に大変な思いをするはめになりました。いや、まいった……。

　完成した本作『雷祭殺人事件』はこれまでの作品とはやや異質の、幻想的な雰囲気を持ったものになりました。もちろん本格ミステリとして、謎ときや犯人当てを楽しんでもいただけるはずです。そのために、『足跡なき殺人』という魅力的なトリックを用意してあります。ただ、この作品のどこか懐かしくそして怖い、そんな世界観を壊さないために、あえて恒例の『読者への挑戦状』は省きました。

これまでになく、読者の皆さんが葉書に書き込んできてくださる感想が楽しみでなりません。長編はもちろん、短編についても。

あ、そうだ。ついでですが、ファンレターを送ってくださった皆さん、ありがとう。ここでお礼を言わせてください。本当に励みになります。手元に無事届いたものに関しては、欠かさずに読ませていただいていますが、数が多いため忙しさにかまけて返事がなかなか……でも、いつか機会を見つけてまとめて書かせていただくつもりです。

おっと……今回はちゃんと〝予告〟も忘れないようにしておきます。現在の心づもりでは、年内に何とかしようと思っています。ちょっと遅れたらごめんなさい。

では、また次回作でお会いしましょう。

一九九八年五月

天樹征丸

一九九八年六月　マガジンノベルス
二〇一三年二月　講談社漫画文庫

|著者|天樹征丸　東京都生まれ。漫画原作者、小説家、脚本家として多くのヒット作を手がける。「週刊少年マガジン」連載の「金田一少年の事件簿」シリーズ、『探偵学園Q』ほか、原作作品多数。小説版「金田一少年の事件簿」シリーズも執筆。

|画|さとうふみや　埼玉県生まれ。第46回週刊少年マガジン新人漫画賞に『カーリ！』で入選し、デビュー。1992年『金田一少年の事件簿』（原作：天樹征丸、金成陽三郎）が連載開始。1995年同作品で第19回講談社漫画賞（少年部門）を受賞。現在『金田一少年の事件簿30th』を「イブニング」にて連載中。

金田一少年《きんだいちしょうねん》の事件簿《じけんぼ》　小説版《しょうせつばん》
雷祭殺人事件《いかずちまつりさつじんじけん》
天樹征丸《あまぎせいまる》　画・さとうふみや

2022年4月15日第1刷発行

講談社文庫
定価はカバーに
表示してあります

KODANSHA

発行者――鈴木章一
発行所――株式会社　講談社
東京都文京区音羽2-12-21　〒112-8001
電話　出版　(03) 5395-3510
販売　(03) 5395-5817
業務　(03) 5395-3615
Printed in Japan

デザイン―菊地信義
本文データ制作―講談社デジタル製作
印刷―――凸版印刷株式会社
製本―――株式会社国宝社

ISBN978-4-06-527656-3

講談社文庫刊行の辞

二十一世紀の到来を目睫に望みながら、われわれはいま、人類史上かつて例を見ない巨大な転換期をむかえようとしている。

世界も、日本も、激動の予兆に対する期待とおののきを内に蔵して、未知の時代に歩み入ろうとしている。このときにあたり、創業の人野間清治の「ナショナル・エデュケイター」への志を現代に甦らせようと意図して、われわれはここに古今の文芸作品はいうまでもなく、ひろく人文・社会・自然の諸科学から東西の名著を網羅する、新しい綜合文庫の発刊を決意した。

激動の転換期はまた断絶の時代である。われわれは戦後二十五年間の出版文化のありかたへの深い反省をこめて、この断絶の時代にあえて人間的な持続を求めようとする。いたずらに浮薄な商業主義のあだ花を追い求めることなく、長期にわたって良書に生命をあたえようとつとめるところにしか、今後の出版文化の真の繁栄はあり得ないと信じるからである。

同時にわれわれはこの綜合文庫の刊行を通じて、人文・社会・自然の諸科学が、結局人間の学にほかならないことを立証しようと願っている。かつて知識とは、「汝自身を知る」ことにつきていた。現代社会の瑣末な情報の氾濫のなかから、力強い知識の源泉を掘り起し、技術文明のただなかに、生きた人間の姿を復活させること。それこそわれわれの切なる希求である。

われわれは権威に盲従せず、俗流に媚びることなく、渾然一体となって日本の「草の根」をかたちづくる若く新しい世代の人々に、心をこめてこの新しい綜合文庫をおくり届けたい。それは知識の泉であるとともに感受性のふるさとであり、もっとも有機的に組織され、社会に開かれた万人のための大学をめざしている。大方の支援と協力を衷心より切望してやまない。

一九七一年七月

野間省一

講談社文庫 最新刊

輪渡颯介
髪追い
〈古道具屋 皆塵堂〉
酔った茂蔵《しげぞう》が開けてしまった祠《ほこら》の箱には、この世に怨みを残す女の長い髪が入っていた。

佐々木裕一
黄《よ》泉《み》の女
〈公家武者信平《のぶひら》ことはじめ(八)〉
獄門の刑に処された女盗賊の首が消えた!? 実在した公家武者の冒険譚、その第八弾!

岸見一郎
哲学人生問答
人生について切実な41の質問に『嫌われる勇気』の哲学者が明確な答えを出す。導きの書。

大倉崇裕
アロワナを愛した容疑者
〈警視庁いきもの係〉
10年前に海外で盗まれたアロワナが殺人現場で見つかった!? 痛快アニマル・ミステリー最新刊!

与那原恵
わたぶんぶん
〈わたしの「料理沖縄物語」〉
おなかいっぱい(わたぶんぶん)心もいっぱい。食べものが呼びおこす懐かしい思い出。

日本推理作家協会編
2019 ザ・ベストミステリーズ
選び抜かれた面白さ。「学校は死の匂い」をはじめ、9つの短編ミステリーを一気読み!

講談社タイガ

森博嗣
リアルの私はどこにいる?
〈Where Am I on the Real Side?〉
ヴァーチャルで過ごしている間に、リアルに置いてきたクララの肉体《ボディ》が、行方不明に。

小島環
唐国《からくに》の検屍《けんし》乙女《おとめ》
引きこもりの少女と皆から疎《うと》まれる破天荒な少年がバディに。検屍を通して事件を暴く!

なみあと
占い師オリハシの嘘
超常現象《オカルト》の正体、占いましょう。占い師の姉に代わり、推理力抜群の奏《かなで》が依頼の謎を解く!

講談社文庫　目録

芥川龍之介　藪　の　中
有吉佐和子　新装版 和宮様御留
阿刀田　高　ナポレオン狂
阿刀田　高　新装版 ブラック・ジョーク大全
安房直子　春　の　窓〈安房直子ファンタジー〉
相沢忠洋　「岩宿」の発見〈幻の旧石器を求めて〉
赤川次郎　偶像崇拝殺人事件
赤川次郎　人間消失殺人事件
赤川次郎　三姉妹探偵団
赤川次郎　三姉妹探偵団2〈キャンパス篇〉
赤川次郎　三姉妹探偵団3〈珠美・初恋篇〉
赤川次郎　三姉妹探偵団4〈怪奇篇〉
赤川次郎　三姉妹探偵団5〈復讐篇〉
赤川次郎　三姉妹探偵団6〈危機一髪篇〉
赤川次郎　三姉妹探偵団7〈駈け落ち篇〉
赤川次郎　三姉妹探偵団8〈人質篇〉
赤川次郎　三姉妹探偵団9〈青ひげ篇〉
赤川次郎　三姉妹探偵団10〈父恋し篇〉
赤川次郎　死が小径をやってくる〈三姉妹探偵団11〉

赤川次郎　死神のお気に入り〈三姉妹探偵団12〉
赤川次郎　次　女　と　野　獣〈三姉妹探偵団13〉
赤川次郎　心　地　よ　い　悪　夢〈三姉妹探偵団14〉
赤川次郎　ふるえて眠れ、三姉妹〈三姉妹探偵団15〉
赤川次郎　三姉妹、呪いの道行〈三姉妹探偵団16〉
赤川次郎　三姉妹、初めてのおつかい〈三姉妹探偵団17〉
赤川次郎　恋の花咲く三姉妹〈三姉妹探偵団18〉
赤川次郎　月もおぼろに三姉妹〈三姉妹探偵団19〉
赤川次郎　三姉妹、ふしぎな旅日記〈三姉妹探偵団20〉
赤川次郎　三姉妹、清く貧しく美しく〈三姉妹探偵団21〉
赤川次郎　三姉妹と忘れじの面影〈三姉妹探偵団22〉
赤川次郎　三姉妹、舞踏会への招待〈三姉妹探偵団23〉
赤川次郎　三人姉妹殺人事件〈三姉妹探偵団24〉
赤川次郎　三姉妹、さびしい入江の歌〈三姉妹探偵団25〉
赤川次郎　静かな町の夕暮に
赤川次郎　キ　ネ　マ　の　天　使〈レンズの奥の殺人者〉
新井素子　グリーン・レクイエム〈新装版〉
安能　務　訳　封神演義　全三冊
安西水丸　東京美女散歩

綾辻行人　殺　人　方　程　式〈切断された死体の問題〉
綾辻行人　鳴風荘事件 殺人方程式II
綾辻行人　十角館の殺人〈新装改訂版〉
綾辻行人　水車館の殺人〈新装改訂版〉
綾辻行人　迷路館の殺人〈新装改訂版〉
綾辻行人　人形館の殺人〈新装改訂版〉
綾辻行人　時計館の殺人〈新装改訂版〉
綾辻行人　黒猫館の殺人〈新装改訂版〉
綾辻行人　暗黒館の殺人　全四冊
綾辻行人　びっくり館の殺人
綾辻行人　奇面館の殺人 (上)(下)
綾辻行人　どんどん橋、落ちた〈新装改訂版〉
綾辻行人　緋　色　の　囁　き〈新装改訂版〉
綾辻行人　暗　闇　の　囁　き〈新装改訂版〉
綾辻行人　黄　昏　の　囁　き〈新装改訂版〉
綾辻行人ほか　7人の名探偵
我孫子武丸　探　偵　映　画
我孫子武丸　新装版 8 の 殺 人
我孫子武丸　眠り姫とバンパイア

我孫子武丸　狼と兎のゲーム
我孫子武丸　新装版 殺戮にいたる病
有栖川有栖　ロシア紅茶の謎
有栖川有栖　スウェーデン館の謎
有栖川有栖　ブラジル蝶の謎
有栖川有栖　英国庭園の謎
有栖川有栖　ペルシャ猫の謎
有栖川有栖　幻想運河
有栖川有栖　マレー鉄道の謎
有栖川有栖　スイス時計の謎
有栖川有栖　モロッコ水晶の謎
有栖川有栖　インド倶楽部の謎
有栖川有栖　カナダ金貨の謎
有栖川有栖　新装版 マジックミラー
有栖川有栖　新装版 46番目の密室
有栖川有栖　虹果て村の秘密
有栖川有栖　闇の喇《らっ》叭《ぱ》
有栖川有栖　真夜中の探偵
有栖川有栖　論理爆弾
有栖川有栖　名探偵傑作短篇集 火村英生篇
浅田次郎　勇気凜凜ルリの色
浅田次郎　霞町物語
浅田次郎　ひとは情熱がなければ生きていけない〈勇気凜凜ルリの色〉
浅田次郎　シェエラザード(上)(下)
浅田次郎　歩兵の本領
浅田次郎　蒼穹の昴 全四巻
浅田次郎　珍妃の井戸
浅田次郎　中原の虹 全四巻
浅田次郎　マンチュリアン・リポート
浅田次郎　天《てん》子《し》蒙《もう》塵《じん》 全四巻
浅田次郎　天国までの百マイル
浅田次郎　地下鉄《メトロ》に乗って〈新装版〉
浅田次郎　おもかげ
浅田次郎　日輪の遺産〈新装版〉
青木玉　小石川の家
阿部和重　アメリカの夜
阿部和重　グランド・フィナーレ
阿部和重　ABC〈阿部和重初期作品集〉
阿部和重　ミステリアスセッティング
阿部和重　IP/NN 阿部和重傑作集
阿部和重　シンセミア(上)(下)
阿部和重　ピストルズ(上)(下)
甘糟りり子　産む、産まない、産めない
甘糟りり子　産まなくても、産めなくても
赤井三尋　翳《かげ》りゆく夏
あさのあつこ　NO.6〔ナンバーシックス〕#1
あさのあつこ　NO.6〔ナンバーシックス〕#2
あさのあつこ　NO.6〔ナンバーシックス〕#3
あさのあつこ　NO.6〔ナンバーシックス〕#4
あさのあつこ　NO.6〔ナンバーシックス〕#5
あさのあつこ　NO.6〔ナンバーシックス〕#6
あさのあつこ　NO.6〔ナンバーシックス〕#7
あさのあつこ　NO.6〔ナンバーシックス〕#8
あさのあつこ　NO.6〔ナンバーシックス〕#9
あさのあつこ　NO.6beyond〔ナンバーシックス・ビヨンド〕
あさのあつこ　待ってる〈橘屋草子〉
あさのあつこ　さいとう市立さいとう高校野球部(上)(下)

講談社文庫　目録

あさのあつこ　甲子園でエースしちゃいました〈さいとう市立さいとう高校野球部〉
あさのあつこ　おれが先輩？〈さいとう市立さいとう高校野球部〉
阿部夏丸　泣けない魚たち
朝倉かすみ　肝、焼ける
朝倉かすみ　好かれようとしない
朝倉かすみ　ともしびマーケット
朝倉かすみ　感応連鎖
朝倉かすみ　たそがれどきに見つけたもの
朝比奈あすか　憂鬱なハスビーン
朝比奈あすか　あの子が欲しい
天野作市　気高き昼寝
天野作市　みんなの旅行
青柳碧人　浜村渚の計算ノート
青柳碧人　浜村渚の計算ノート 2さつめ〈ふしぎの国の期末テスト〉
青柳碧人　浜村渚の計算ノート 3さつめ〈水色コンパスと恋する幾何学〉
青柳碧人　浜村渚の計算ノート 3と1/2さつめ〈ふえるま島の最終定理〉
青柳碧人　浜村渚の計算ノート 4さつめ〈方程式は歌声に乗って〉
青柳碧人　浜村渚の計算ノート 5さつめ〈鳴くよウグイス、平面上〉
青柳碧人　浜村渚の計算ノート 6さつめ〈パピルスよ、永遠に〉
青柳碧人　浜村渚の計算ノート 7さつめ〈悪魔とポタージュスープ〉
青柳碧人　浜村渚の計算ノート 8さつめ〈虚数じかけの夏みかん〉
青柳碧人　浜村渚の計算ノート 8と2分の1さつめ〈つるかめ家の一族〉
青柳碧人　浜村渚の計算ノート 9さつめ〈恋人たちの必勝法《マーチンゲール》〉
青柳碧人　霊視刑事夕雨子《ゆうこ》1〈誰かがそこにいる〉
青柳碧人　霊視刑事夕雨子2〈雨空の鎮魂歌《レクイエム》〉
朝井まかて　花《はな》競《くら》べ〈向嶋なずな屋繁盛記〉
朝井まかて　ちゃんちゃら
朝井まかて　すかたん
朝井まかて　ぬけまいる
朝井まかて　恋歌
朝井まかて　阿《お》蘭《らん》陀《だ》西《さい》鶴《かく》
朝井まかて　藪医《やぶい》ふらこ堂
朝井まかて　福袋
朝井まかて　草々不一
歩《あゆみ》りえこ　ブラを捨て旅に出よう〈貧乏乙女の“世界一周”旅行記〉
安藤祐介　営業零課《ぜろか》接待班
安藤祐介　被取締役《とりしまられやく》新入社員〈大翔製菓広報宣伝部〉
安藤祐介　おい！山田
安藤祐介　宝くじが当たったら
安藤祐介　一〇〇〇ヘクトパスカル
安藤祐介　テノヒラ幕府株式会社
安藤祐介　本のエンドロール
青木理　絞首刑
麻見和史　石の繭〈警視庁殺人分析班〉
麻見和史　蟻《あり》の階段〈警視庁殺人分析班〉
麻見和史　水晶の鼓動〈警視庁殺人分析班〉
麻見和史　虚空の糸〈警視庁殺人分析班〉
麻見和史　聖者の凶数〈警視庁殺人分析班〉
麻見和史　女神の骨格〈警視庁殺人分析班〉
麻見和史　蝶の力学〈警視庁殺人分析班〉
麻見和史　雨色の仔羊〈警視庁殺人分析班〉
麻見和史　奈落の偶像〈警視庁殺人分析班〉
麻見和史　鷹《たか》の砦《とりで》〈警視庁殺人分析班〉
麻見和史　凪《なぎ》の残響〈警視庁殺人分析班〉
麻見和史　天空の鏡〈警視庁殺人分析班〉
麻見和史　深紅の断片〈警防課救命チーム〉
麻見和史　邪神の天秤〈警視庁公安分析班〉

麻見和史　偽神の審判〈警視庁公安分析班〉
有川　浩　三匹のおっさん
有川　浩　三匹のおっさん　ふたたび
有川　浩　ヒア・カムズ・ザ・サン
有川　浩　旅猫リポート
有川ひろ　アンマーとぼくら
有川ひろほか　ニャンニャンにゃんそろじー
荒崎一海　門前仲町〈九頭竜覚山　浮世綴㈠〉
荒崎一海　蓬萊橋雨景〈九頭竜覚山　浮世綴㈡〉
荒崎一海　寺町哀感〈九頭竜覚山　浮世綴㈢〉
荒崎一海　小《お》名《な》木《き》川《がわ》〈九頭竜覚山　浮世綴㈣〉
荒崎一海　一色町雪花〈九頭竜覚山　浮世綴㈤〉
朱野帰《かえる》子《こ》　駅物語
朱野帰子　対岸の家事
東　浩紀　一般意志2・0〈ルソー、フロイト、グーグル〉
朝倉宏景　白球アフロ
朝倉宏景　野球部ひとり
朝倉宏景　つよく結べ、ポニーテール
朝倉宏景　あめつちのうた
朝井リョウ　スペードの3
朝井リョウ　世にも奇妙な君物語
有沢ゆう希　末次由紀　原作　〈小説〉ちはやふる　上の句
有沢ゆう希　末次由紀　原作　〈小説〉ちはやふる　下の句
有沢ゆう希　末次由紀　原作　〈小説〉ちはやふる　結び
有沢ゆう希　小説　パーフェクトワールド〈君といる奇跡〉
有沢ゆう希　原作：金田一蓮十郎　脚本：徳永友一　小説　ライアー×ライアー
秋川滝美　幸《こう》腹《ふく》な百貨店
秋川滝美　幸腹な百貨店〈デパ地下おにぎり騒動〉
秋川滝美　幸腹な百貨店〈催事場で蕎麦屋呑み〉
秋川滝美　マチのお気楽料理教室
赤神　諒　神遊の城
赤神　諒　大友二階崩れ
赤神　諒　大友落月記
赤神　諒　酔象の流儀　朝倉盛衰記
赤神　諒　空《うつせ》貝《がい》〈村上水軍の神《しん》姫《き》〉
彩瀬まる　やがて海へと届く
浅生　鴨　伴走者
天野純希　有楽斎の戦
天野純希　雑《さい》賀《か》のいくさ姫《ひめ》
青木祐子　コーチ！〈はげまし屋・立花ことりのクライアントファイル〉
秋《あき》保《う》水《すい》菓《か》　コンビニなしでは生きられない
相沢沙呼　medium《メディウム》　霊媒探偵城塚翡翠《じょうづかひすい》
新井見枝香　本屋の新井
碧野　圭　凜として弓を引く
五木寛之　ソフィアの秋
五木寛之　狼のブルース
五木寛之　海峡物語
五木寛之　風花のひと
五木寛之　鳥の歌(上)(下)
五木寛之　燃える秋
五木寛之　真夜中の望遠鏡〈流されゆく日々'78〉
五木寛之　ナホトカ青春航路〈流されゆく日々'79〉
五木寛之　旅の幻燈
五木寛之　他力
五木寛之　こころの天気図
五木寛之　新装版　恋歌
五木寛之　百寺巡礼　第一巻　奈良

稲葉 稔 椋鳥の影〈八丁堀手控え帖〉
伊坂幸太郎 チルドレン
伊坂幸太郎 魔王
伊坂幸太郎 モダンタイムス(上)(下)
伊坂幸太郎 PK
伊坂幸太郎 サブマリン
絲山秋子 袋小路の男
石黒 耀 死都日本
石黒 耀 忠臣蔵異聞〈家老 大野九郎兵衛の長い仇討ち〉
犬飼六岐 筋違い半介
犬飼六岐 吉岡清三郎貸腕帳
石川大我 ボクの彼氏はどこにいる?
石松宏章 マジでガチなボランティア
伊東 潤 国を蹴った男
伊東 潤 峠越え
伊東 潤 黎明に起《た》つ
伊東 潤 池田屋乱刃
石飛幸三 「平穏死」のすすめ〈口から食べられなくなったらどうしますか〉
伊藤理佐 女のはしょり道
伊藤理佐 また! 女のはしょり道
伊藤理佐 みたび! 女のはしょり道
石黒正数 外《げ》天《てん》楼《ろう》
伊与原 新 ルカの方《はこ》舟《ぶね》
伊与原 新 コンタミ 科学汚染
稲葉圭昭《よしあき》 恥さらし〈北海道警 悪徳刑事の告白〉
稲葉博一《ひろいち》 忍者烈伝
稲葉博一 忍者烈伝ノ続
稲葉博一 忍者烈伝ノ乱〈天之巻〉〈地之巻〉
伊岡 瞬 桜の花が散る前に
石川智健 エウレカの確率〈経済学捜査と殺人の効用〉
石川智健 60《ロクジュウ》〈誤判対策室〉
石川智健 20《ニジュウ》〈誤判対策室〉
石川智健 第三者隠蔽機関
石川智健 いたずらにモテる刑事の捜査報告書
井上真偽《まぎ》 その可能性はすでに考えた
井上真偽 聖女の毒杯〈その可能性はすでに考えた〉
井上真偽 恋と禁忌の述語論理《プレディケット》
泉 ゆたか お師匠さま、整いました!
伊兼源太郎 地検のS
伊兼源太郎 巨悪
逸木 裕 電気じかけのクジラは歌う
今村翔吾 イクサガミ 天
入月英一 信長と征《ゆ》く 1・2〈転生商人の天下取り〉
内田康夫 シーラカンス殺人事件
内田康夫 パソコン探偵の名推理
内田康夫 「横山大観」殺人事件
内田康夫 江田島殺人事件
内田康夫 琵琶湖周航殺人歌
内田康夫 夏泊殺人岬
内田康夫 「信濃の国」殺人事件
内田康夫 風葬の城
内田康夫 透明な遺書
内田康夫 鞆《とも》の浦《うら》殺人事件
内田康夫 終幕《フィナーレ》のない殺人
内田康夫 御堂筋殺人事件
内田康夫 記憶の中の殺人
内田康夫 北国街道殺人事件

講談社文庫　目録

2022年3月15日現在